桃花舞春風

陳瑞芬詩文集

目次

壹、新詩篇

貳、散文篇

壹、新詩篇

邂逅

悠揚的樂聲中，
伴隨著大皮鞋的腳步聲，
年輕的身影和擁有
燦爛笑容的臉龐，
兩顆單純的心，
融合兩個飛揚的形，
在仙界愉悅地交織著！
在人間繁囂中興沖沖地踟躕著！

同根生

縝密叢林的綠蔭中，
鋪陳著青青草原，
蛙鳴蟬語蟲唧交會出
森林大自然交響樂章，
紫竹、紅棗、桑椹凌空呼吸著，
常春藤、綠藻、水蓮憑欄洋溢著，
枝葉繁茂的大地手足，
互換春夏悸動的脈搏，
蓮動魚蟹共一缸，
誰知本是同根生！

笛

翠華掀起了羅裙，
枝葉穿透出晨曦，
在那蟲鳴唧唧的夜裡，
魔音乍現，
是笙，是簧，
是銅，是鑼，
噢！原來是清音出谷的笛啊！

瓶中信

沈寂的歲月，
流逝在屋脊的角落，
淡淡的哀愁，
消聲於人事的遷移，
唯有那珠璣墨寶，
還殘留在珍藏的青花瓷中，
道盡年光韶遠，
道不盡生命的輪迴！

紀念愛狗納吉詩

二十年前來我家，納吉很乖真堪誇，
我去上班授課時，牠竟尾隨不害怕。
平日似同一家人，病時照顧猶如親，
飲食特別加營養，餐餐餵飽才安心。
風燭殘年真堪憐，醫藥罔效命難挽，
往生早日解脫苦，盼你永遠得平安。
從此緣盡須離分，親人都來送一程，
安葬選定最佳地，祝你來世轉好命。

曾經走過

曾經　我殷盼下課時和你漫步在河堤上，
曾經　我拖著疲憊的腳步和你在大街小巷中並行，
曾經　夜深人靜時我和你互聽著彼此的呼吸，
曾經　我享受你萬般欣喜狂野奔向我，環繞在我四周的喜悅，
曾經　我和你心靈相契，無言相對，四目交望，無聲勝有聲！

貳、散文篇

愛的奇蹟

一個滿佈烏雲等待即將蓄勢待發傾瀉而出的雷陣雨的午後，回想這一年來忙碌而身心倍受煎熬的日子，不禁感受到生命中常有不期言而言，不期哭而哭之際遇。20年前的一個夏天，在下班回到宿舍時，驚覺有人棄養的一隻可愛小狗狗，在我門前，在憐憫及同理心的驅使下收養了他——取名傳祥，隨著歲月的流逝，他日漸茁壯；因為他的陪伴而使得我下班後的時間變得多彩多姿，在校園中、運動場上、社區周邊、夜市，各地都有我倆的足跡，散步變成是我們培養默契最佳的無言交流。

傳祥的忠心耿耿，陪著我在書房、教室，我讀書他陪伴，從無怨言，亦不發怒，一心護主，一點點的食物便可滿足他弱小的身軀，靈敏的肢體和眼神、聽覺，隨時保持戒備以保衛主人安全，誠心感人。

隨著時空的變遷，學校宿舍拆除，傳祥由快樂自由隨意奔馳草原的開放空間，轉而搬遷至狹小的公寓中，由於工作的關係每日只能陪伴他外出一次郊遊、散步、解放、出清存貨，心中著實不忍，每次離開家門都有如生離死別一般。

生命的維繫在器官機能的運轉效能，我見他可愛生命的成長，見他茁壯雄偉的奔馳，見他生龍活虎的歡迎主人，見他一生待人的忠誠不二，見他率性無欲的淡泊生死，更見他曾被棄養而仍不失對人的信賴，這些是我所不及的，而今眼見他的衰老，比人七倍速度的老化，更讓我感受到生命消逝的快速和無情！

此時窗外已雷聲大作，如洩洪般，雨勢奔流而下，回想去年七月當醫師已宣布無可救藥時，我的心的確倍感掙扎，一心只想能全力挽救曾經為自己無怨無悔付出過的生命，一年來經歷過多次的就醫，老化造成的退化性關節炎，加上大小便的失禁，使他不良於行跛瘸的殘疾，更是雪上加霜。在日夜無休的照顧他之下，使我已漸康復的更年期症狀又再度復發，關節炎和骨刺的疼痛卻熄滅不了那般照顧微弱生命的熱忱，既然醫生已說明飲食藥物百無禁忌，只能聽天由命，於是我展開與天爭命的作戰。任何有助於重症病患維持生命的食品、藥品，如高鈣亞培安素、人蔘、枸杞、雞精、靈芝、冬蟲夏草、維骨力、銀髮善存、鈣片、維他命C、消炎藥等每日予以適量服用，冬天怕他受寒，二台電暖器三百六十度圍繞，半年後竟然可自由行走了，他所踏出的每一步都是淚水和汗水交織而成的步伐。每天例行晾曬的一長排尿片，片片都是愛心的累積和對他往日忠誠付出的紅利回饋。

如今即將重生屆滿一年，夏日將至，傳祥又倍受因走路不穩摔傷的傷口難以癒合之苦，深知未來照護的路只有越走越辛苦，但由他的身上也讓我體會到生命到達終點時的難耐。

面對生命的誕生是喜悅的，而面對生命的漸形萎縮是殘酷的，但無論如何這是我們必須學習的功課，由於對傳祥的病危照顧，使我體會到以父親的高齡仍時刻在我們身邊守護著，實在是我們生命中莫大的福氣，父親每走一步穩健的步伐，便是替我們省下許多照顧病患的時間和精力、金錢，讓我們可以繼續向前奔馳！父親對我們的愛由他保持適度的健康狀態便可一覽無遺！

在三代同堂的環境下，我將傳祥視如己出，父親也對傳祥愛護有加，兄弟姊妹對傳祥更是呵護備至，連下一代的晚輩們也因而激發出潛藏的愛心和悲憫之情，只因有緣相聚，而使得我們得以朝夕相處；只因有情相處，而使得我們無怨無悔，對於人們希望白頭偕老，長命百歲，對於我兒傳祥，我則願他早日往生極樂，不再受病痛折磨，由於我的一念之間便可決定了他的生死存亡，實在是叫人難以承受的生命之重。但願他傳遞著對人間的眷戀和關愛，讓他的生命散播更多的祥和、幸運，我兒傳祥將不虛此生！

二個小時的暴雨，來得急去得也快、使炎炎夏日得以滋潤涼爽，雨過天晴後的藍天更藍，白雲更白，生命中的生老病死運轉，亦有如大自然四季運行的風火雷電變幻莫測，我們唯有順應天理的變化，相信下一個雨季來臨時，我們終將面對更無瑕的藍天，和更冰清玉潔的白雲！

桃花舞春風

戀愛中的人總是盲目的，看不清真實模樣，又一味的付出，讓自己深陷在無法自拔的情境裡，脫離不了痛苦，就開始了負面想法，當放下感情時，自然會有清醒的感覺，不適合在一起，不必歸咎於誰對誰錯，希望能遇見更好的人，只有先放下不好的一段關係，放下使得自己心境遼闊，而心裡不會再有恨，社會也可以少了些因不理性而為愛而死或被怨恨殺死的人了。從懂事開始，我們就不斷做出選擇，而這些選擇愈來愈困難，人們往往只看到失去的，而忽略所擁有的，就像做了決定，只看到我們放棄的那個，在人生的道路上，不管那種選擇，沒有好壞之分，只有態度的差異，懂得轉變心態，境隨心轉，相隨心轉，放下重擔才前進得快啊！除去私欲，一切會變得更加簡單輕鬆。

人若肯放下自尊，敞開心扉，向人請益，就能釋懷，收起不必要的驕矜自持，在軌道上做正確的事，即使方向錯誤，亦易導正。擇善固執與世推移，提起是肩負責任，放下是保持心靈的自由，提起放下之間猶豫不決的人，會是自尋悲慘的人生，只能提起的人生猶如沒有煞車的破車，在路上行駛，將會陷別人和自己於萬劫而不復的境地。只會放下推卸責任的人生，猶如沒有油門的車，不但失去功能，更造成社會的浪費，對社會人群毫無貢獻可言，是一個失敗的人生。生命是一場多變且難以逆料的旅程，宛如置身於迷茫樹海中無目的的游走，深處於迷宮般交錯複雜的結構中，我們以信念及保有對事物之執著，才不至於迷失，但身在巨浪濁流之中，我們又何敢擔保，有了毅力、信仰，就沒有迷失的可能呢？對執著的人事物強烈的企求，卻又得不到時，更加深了生存的焦慮。

賈伯斯被自己創建的蘋果公司裁員，背棄了自己，他雖意志消沉，但並不因此沮喪，停滯創新，反而發展有利於原先公司的產品概念，也因此開創了電腦的新紀元。賈伯斯以自身應驗了「提得起放得下」的說法，正因放下執著，我們的思考變得海闊天空，也正因如此，我們可以擁抱更高遠的未來。時間是最好的療癒師及心理治療師，魚兒在水中跳舞，魚尾拍打著水面，像是正為我人生的首勝而興奮，鼓勵著我！失業後再謀職，要懂得放下身段，用事實表現證明自己的能力，而不是活在過去的光榮歲月中而洋洋得意。

淨空法師：「看破放下」放下自我，才有愛和慈悲，才會對一切人事物充滿熱情成為一種亮光，時光流逝人事已非，人存在於宇宙之中，渺小得不可見如滄海一粟。

不懂得愛的人，發出匱乏的頻率，一顆浮沉的心找不到棲息的港灣，乾燒著在時間裡逡巡的鬼魂，捨不得紫丁香的濃郁遠離，溪流緩緩帶走片片雲彩，腳底下的石礫，乘載著光陰的橋樑，我們不知該航向心的何方，我提起一個希望的呼吸，但願放下所有的心靈枷鎖。日本的責任感養成教育，即使是天皇的兒子，也是自己背書包，自己拿便當，台灣父母則是替兒女背書，剝奪了孩子成長的權利，有人亦退休後仍捨不得放下權利，圓滿人生的修練，就必須提起放下收放自如。

王品總裁戴勝益，不讓自己孩子接班，言自己的未來自己創造，失敗了才會自己站起來。大丈夫能屈能伸，提得起放得下，才能成大事，父母該懂得放手給孩子自由，情人的放手，是能看清彼此的距離，對於理想，能看清自我的界線與能力而重新定義自我的目標。當過去的追求時，往往成為心中的迷障，佛說放下屠刀立地成佛，放下愛戀，提起往前的信心與勇氣。

不要小看自己，人有無限的可能，感情是尊重而非強迫，必須體諒和關懷，計畫往往趕不上變化，去我執就能放下眼前所見，一切皆是空相，山不轉路轉，路不轉人轉，放得下就是能以最真誠的心祝福對方。那段刻骨銘心的愛情，已如浮雲，不再遮蔽我的心田。恨一個人比不被愛還痛苦，在愛裡我們輕輕提起，也該輕輕放下，因為生命中有了缺憾，陽光才有縫隙照進來，指引我們邁向更好的下一步。

孝道的可貴

春秋五霸之一的鄭武公掘突，為周室之卿士輔佐周天子，歸天之前，立寤生世子繼位，成為新的鄭伯，寤生仁心仁術、胸懷大度，其弟段則心狠手辣、有勇無謀。寤生出生時腳先出、頭後出，使母親武姜因難產受苦，其母產後乃恨之入骨，是以命名為寤生，取其大逆不道，一出生就忤逆不孝的意思。寤生母親因偏愛幼子，在寤生立為新君鄭莊公之後，向其無理索要京城之地賜予段，又以母親的身分要脅，命莊公派四百兵車、士卒兵馬幫段駐守京城，莊公難違母命，但暗地則請「潁谷封人」潁考叔獨領兵權，名為壯大京城太叔段，實則為監視段之野心。段受母親百般溺愛，因而想越權自立為君，於是派刺客暗殺兄長，幸虧莊公機警，逃過一劫，事後感慨地說道：「多行不義必自斃」。過了不久，段又與母裡應外合向兄長逼宮，意欲取而代之，然而僅憑一時的衝動，實難成氣候，事跡敗壞，竟自裁於新鄭門首。莊公心痛於兄弟鬩牆，對母親的私心更感悲憤，在氣憤難忍之時，竟說出「不及黃泉，無相見也。」恩斷義絕的話。

此後，莊公抑鬱終日，陷入進退兩難之境；聰明的潁考叔知國君心意，在一次宴飲席間，欲外帶佳餚給貧弱老母，借此感動莊公思母之心，然而國君一言九鼎，怎能不重然諾。潁考叔想出了一條妙計，在潁城邑黃土山下隧洞裡掘了一道泉，名之為黃泉，並安排莊公母子二人在黃泉邊相認，使好強的莊公既不失孝道，又保住了國君的尊嚴，這就是後人津津樂道的黃泉認母的故事。《左傳》莊公記載「潁考叔純孝也。」、「孝子不匱，永錫爾類。」即指此母子冰釋前嫌的佳話，同時也在表彰孝子的義行，不僅善事自己父母，亦樂見他人共享天倫，實為品德修養的極至表現。

鄭莊公身為長子，貴為國君，主動與母相見，化解長年的誤解，一則導正母親因難產遷怒長子的錯誤；二則阻止了母親因溺愛幼子，憎恨長子的分化離間行為；三則完成了為人子女盡孝道的神聖任務；四則將本為人倫悲劇的惡夢，扭轉為母子相認、誤解冰釋的大團圓喜劇。人常因一時的自尊作祟，難以將事情處理得圓滿，鄭莊公因有潁考叔的誘導，使他避免了不孝的罪惡，而有皆大歡喜的收場。因此，助人行孝者，於孝道的推行，更有莫大的功德。

《孝經》開宗明義章言：夫孝也者，身體髮膚受之父母，不可毀傷，孝之始也。」、「立身行道，揚名於後世，孝之終也。」孝之道，近者愛護自身，凡有害於身體健康之食、衣、住、行舉動，皆應避免。遠者當從事心性修養、光宗耀祖，在自身修養、工作、學業上，力求精進，方可無愧所生。當父母年老時，更應全力護持，不應有嫌棄之心。所謂百善孝為先，孝、悌、忠、信乃人倫之始，凡盡孝者，方知友愛手足，與人交亦方能守誠信。凡事但求我心，閒談莫論人非，反求諸己，則少爭端，智慧與功德則在默默耕耘中累積，人生境界，由孝道做起，終將邁向「問心無愧」的坦途。

我家的活神仙

在科技文明的現代社會裡，人們在忙碌的都市叢林中熙來攘往，吃的是得來速，穿的是免燙快乾料，住的是有電梯的摩天華廈，出門則不是二輪就是四輪的速霸陸。如此的高度生活進步中，所見所思，所作所為皆為與時間賽跑的節奏。在知識的訊息傳送上，網路世界的無遠弗屆更是縮短了人們間的距離，增加了溝通的多元管道。一千多年前唐朝詩人王勃在送杜少府之任蜀州一詩中便說了「海內存知己，天涯若比鄰。」的先見之明的話，形式上的距離雖遠，但只要人與人間有心靈上的交會，不管以古代的吟詩作文傳遞，抑或是現代的視訊、手機交流，皆為心靈溝通的重要模式，在古代的牛步化和現代的光速化中，就人心人性的聯絡上，二者並無太多相異之處。

在文明高度發展之餘，相對的，整個大環境對家庭倫理，這一塊有待耐心澆灌的園地，卻漸漸淡化了。就現代小家庭而言，父母為工作而朝九晚五，甚至加班過夜，兒女們為了學業，負笈他鄉，孜孜矻矻，或白天上焚膏油以繼晷，恆兀兀以窮年；

課，晚上補習，溫暖的家只成了每天鑽進享用的溫暖被窩。家人相處時間縮短，日久自然也就形成了心靈的疏離。尤其，每個家庭成員都各有忙碌的目標，更無暇他顧，形成了一種不自覺的冷漠。在三代同堂的家庭中，年邁的長輩，長期的被忽視或受冷落，成了老人的新興憂鬱症。

六年級E世代生在屬於科技萌芽發展的時代；七年級草莓族則是生活優渥、行事前衛的新興人類，而三、四、五年級社會的中堅則是介於新舊世代交替的融合期，也是較辛苦的一代，一方面要承遞舊時代的社會道德和家庭倫理觀念，另一方面又要學習新世代的科技文明，雖是屬於辛苦一族，但也是包容力和適應力最強的一個族群。筆者與手足們恰處於三、四年級的社會中堅分子，不論在思想觀念或行為處事上，皆是恪遵庭訓、謹守不阿的族群。在歲月無盡的流轉之中，手足們漸屆退休之齡，老父亦年邁多病，老人照護成了家中最嚴肅的課題。

近年來父親年屆耄耋，時有不適，家中購置新式製氧機備用，兒女們常聞訊於榻前遵囑；日久，成立家中烽火台系統，準備了緊急求助裝置，讓父親可隨時按鈴下達集合指令。常言道，家有一老，如有一寶。又不聞，求神問卜，不如禮敬家中活神仙；父母即是我們的守護神，是我們最忠實的朋友。對父母孝順，成為晚輩的榜樣，以身作則，樹立典範，不僅將使家道興盛，子孫信守孝悌忠信，更能享福壽綿長。

在父親幾次病情危急的呼喚時，我常體驗101忠狗的守夜行動，長年下來，養成了不上三更不入眠的習慣，父親一按鈴更是隨叫隨到，不敢怠慢，常懷親痛如己痛的同理心，以孝心化解痛苦上身的親心。佛家有《父母恩重難報經》，闡明母親受懷胎十月之苦，又歷經生產的生命關卡，為了生養子女，茹苦含辛。父親則肩挑一家重擔，不辭勞苦為求一家溫飽，受盡折磨。父母恩重，子女實難回報於萬一，將父母之恩情視之如活神仙一般供養家中，不但是為人後嗣之平心之舉，更是身處現代社會中，導正社會，使人心向善的良好風尚。

難忘的教師節

在秋老虎肆虐的日子裡，最是老人難耐的季節。看著年邁的老爸，在因久坐而斑剝的皮椅中，雙眼闔上吸著頗為依賴的氧氣鼻套；我的心裡一陣酸楚湧上心頭，近來因自己課業的繁重，約有一個月不曾帶他外出散心，愧疚與不安早已佔據我的心裡，爸爸在生活上、精神上一直都是我的良師益友，在這特殊的日子，我想要表達我的感恩之情，有爸爸的日子裡，我就擁有撒嬌的權利，帶著爸爸出去兜風更是我引以自豪的專利。

車行向北一路滿眼翠綠，睽違多日的中山高速公路，又再度獲得我們關愛的眼神，我為爸爸一路上解說著旖旎的風光，過了汐止收費站，很快的來到了基隆港，為了讓爸看山又看海，我們繞行港灣一周，在中正公園觀世音菩薩前下車，當攙扶著爸爸爬上階梯時，因多日未曾爬坡散步，體力頓形不支，心臟缺氧不住地吹氣，到了公園內，又因腸胃不適想出清存貨，公廁中沒有坐式設備，幾經折騰兩腳無力，好不容易解決了腹瀉問題，但心臟問題卻來勢洶洶。同行的二姊立刻叫119救護車，索性基隆署立醫院就在山下數分鐘的路程。在等待119來臨之前約有三、五分鐘的時間，爸爸垂危的生命，與死神奮力搏鬥著，我抱著爸爸不讓他就這樣倒下去，我激動得模糊了視線，臉頰上下著小雨，我向老天懺悔，我不該讓體弱多病的老父承受爬坡的考驗，更不該帶他到沒有坐式設備的公廁，讓他受盡了煎熬，身處在險境之中，我一時的疏忽，卻是生死間的天人交戰。我向老天請罪，我向菩薩請命，饒恕我的罪過，有任何苦痛就罰我一人承擔吧！在三分鐘之內，我以一顆虔誠的悔悟心，和老天達成了慈悲協議，我將不再犯同樣的錯誤，我要更珍惜我像玻璃娃娃的爸爸！

119偉大的救護人員，火速又貼心的將爸爸送到了急診室，醫護人員早已列隊接應，真是令人感受到急診室裡的春天。在這同時我也奔馳下山，將車寶安置妥當後，立刻衝進急診室內，醫生和護理人員幫爸爸戴上氧氣，胸部做心電圖檢測，手上抽血檢驗，並吃下緩解心肌梗塞的藥，我和二姊隨侍在側，本是一場開心的踏青之旅，結果竟成了布滿驚險鏡頭的生命掙扎之旅。我一向不願正視爸爸的年齡，認為軍人出身的他，戎馬征戰一生，大風大浪都擊不倒堅強的爸爸，但這一次的經歷，我不得不承認，爸爸的確是老了，這是我即使不願相信，也必須看清的事實，我看到了人的極限、人的脆弱、人的無助；另一方面我更珍惜有爸爸的日子，平時視為當然的事，在今天的關鍵時刻，使我感受到極度的痛苦，原來，我其實是承受不了失去他的痛苦啊！

在醫院觀察了將近十個小時的馬拉松式看護，我在爸爸漸漸恢復正常狀態時，神智也突然清醒了許多，在急診室裡的小桌上把握時間振筆疾書，我珍惜有爸的好，我珍惜有爸看顧我的日子，我更要爸爸分享我的喜悅，要爸爸以我為榮，我在急診內完成了數月下不了筆的文章，一個月來因高血壓而頭暈目眩的毛病，一下子也全被嚇跑了，此時感受到凡是有懺悔心、誠心、善體親心，自己的良心也才能得到安住。所謂百善孝為先，古有名訓，實不虛言。由台北來到中正公園時，陽光普照，烈日當空，到了下午，晚上基隆下起了傾盆大雨，經過了漫漫長夜，爸度過了危險期，外面的雨也停了，我的一顆心像洗過三溫暖一般，滿懷著感恩的心，我們頂著滿天星斗的夜月，由基隆出發返回台北溫暖的家，度過了這一生中最難忘的教師節。

抉擇

全身感受著風呼嘯而過，雙手輕撫著柳條柔軟的腰枝，看著河道上反射著豔陽的波光嶙峋，不知是由於過度想念，還是因為心疼感觸，凝望著故鄉隨時代變遷，重建而整潔的河岸美景，我不禁落下一串串透明水珠，是那種沒有感覺，卻也停止不了的淚，享受家人的關心、陪伴，成了我珍視的美好時光！

鎂光燈下，逆光勾勒出舞者身影，白色棉絮在空氣中緩慢移動，音樂響起，喚起身體的記憶，節奏加快，指尖開始無限延展，腳步也輕快起來了，開始舞動一場精采絕倫的演出，舞動生命的樂章，跳躍的音符正如律動的生命，細胞專注於身體的優雅，享受執著而強韌的力量，現代舞因敏捷的快感，讓人汗水涔涔而下，奇異的風格像葡萄釀成美酒前，萃取一個美好自己，流出如佳釀般的完美曲線。

男人去找和尚，問和尚他為什麼放不下，和尚給了他一個杯子拿著，和尚往裡倒熱茶，滿了也不停止，直到男人被熱水燙到手甩開了杯子，和尚告訴他，痛了自然就會放下！人總是會愛惜自己，痛了傷了才願意放下，我們總是輕易拿起，卻難以放下，往往要等到滿身是傷，才願意放手，試著多愛自己一點，做個拿得起放得下的人！病人希望健康，囚犯希望重見天日，福島核災的居民，多麼希望能出門去玩。《莊子・天運篇》云：「彼知顰美，而不知顰之所以美。」放下即為解脫。最勇敢的不是起身追逐的那一刻，而是你能放手釋懷的那瞬間，提起時就應該同時有做好必須放下的準備！

提起勇氣去做一件事需要莫大決心，而放下時更要有調適的能力，及時訴衷情、謝謝、對不起、我愛你、不衝動、不抱怨，放下才懂得珍惜擁有，模擬失去的空無，勝不驕，敗不餒，永遠謙虛，滿招損，謙受益。如飽實的稻穗彎得最低，高聳的竹林懂得彎腰。台灣之光王建民，因打棒球而受傷復健，感情婚姻也因事業受挫而歷經起伏，風波不斷，人生高低潮，接踵而至。前行政院祕書長林益世，被譽為政壇金童，卻抵不過金錢的誘惑，利欲薰心，因索賄而鋃鐺入獄。有棒球金臂人美譽的國手黃平洋，因手臂受傷提早退休，但為生活可放下身段，賣便當一樣做得有聲有色，可見得遇挫折時懂得放下是一種智慧的表現。

提得起放不下的案例如屈原屢遭楚懷王貶抑，最後失意投汨羅江自盡；龍千玉之女服安眠藥自殺，只因情感放不下；藝人朱慧珍之女亦為情跳樓輕生，因同性戀的傾向，使母親過了一個最痛苦的母親節！考試院長闕中女兒為情關難過而跳樓，使得父母白髮人送黑髮人，放棄了自己為人母的責任，實在可惜！跆拳道健將蘇麗文，因舊傷敗北，但堅持到底的精神，令人動容。路途石頭阻礙出路，改換跑道，或誇越，若一直站在原地想如何移開，豈不辛苦了彼此，無論如何不該傷害對方或自己，珍惜每一刻，該放手就要放手，緣盡就互道珍重吧！

青春期這波粉紅色的浪潮，夾帶著荷爾蒙來襲，總會讓我們的內心掀起一波波的漣漪，而微妙的化學效應，就在這時起了作用，讓想愛的彼此，散發出屬於愛的訊息。老子無為順勢自然，我們拳頭握太緊時，指甲崁進手心肉，正在傷害自己。鬆手如老子鬆開多年執著的小天使，則肌肉不再緊繃，手心被清涼的微風吹過，心跳緩慢得像華爾滋的拍子「蹦恰恰、蹦恰恰」脖子不再像石頭般堅硬，而可以抬頭仰望藍天了！緣起緣滅，緣份到了就要放下，否則只是徒增困擾，放慢腳步休息，傾聽自己心跳聲，看著大江大海，遠觀雲海沉浮，讓心自由，自然能心領神會於天地之間！

奢侈的幸福

女孩因氣胸開刀，體驗了手術室冬季裡的春天，親情的溫暖使得插管侵入身體的冰冷，暫時被遺忘，母親的陪伴守護，使自己如嬰兒般再度被呵護，這便是永生難忘的幸福時刻。手足親情自幼至長患難與共，憂喜均攤，深夜孤寂懷念往日幸福，聚少離多，幸有網路連結幸福感，藉年節團聚，母親拿手好菜增添幸福滋味，更有加分效果！

人與人常以互動、交流牽繫著感情線，以得到心靈上的滿足與喜悅，在每一動點中，呈現小小的幸福感！和家人相處的快意，成就平凡中的小幸福，外婆大手牽小手哼唱著日本古謠，爺爺教唱著黃梅調，祖孫情融入古曲中，毫無代溝的幸福片段，在幼小心靈中，已長成一顆無懼風雨的堅定不移大樹，在往後的歲月裡，遇到挫折風雨負面情緒時，足以庇蔭的大樹！

母親等候夜歸兒女，親情溫暖滋潤一顆漂泊遊子的心。現代的爺爺奶奶，常肩負起教養孫兒女的責任，無形中也取代了父母的角色，現代孩子的回憶，常是兒時與爺爺奶奶一起念《三字經》、《大學》、《中庸》，探索古人的智慧；有些日後和古典戲曲與文學結緣，優游於戲曲的天地中，練功雖苦，體能表現是技術，體驗則是藝術，要磨練自己對生活的細微觀察，在苦練角色扮演和得到觀眾喝采的同時，幸福時刻便已悄然來到！

兒時父母長輩對自己的呵護疼愛，過得無憂無慮，芝麻開門，應有盡有，這是短暫的幸福，卻是永恆的美好！老夫老妻相守偕老，子女回家的感覺，便是一種幸福！在家中苦讀，母親送上研磨咖啡，咖啡的香味，成為日後讀書的動力，咖啡好喝的原因，是因為有媽媽的愛啊！濃厚的母愛，深刻的感受！永矢弗諼！永誌不忘！

對比式諷刺的幸福如肯亞居高不下的死亡率，醫療資源的極度缺乏；海地孩童飢餓，吃土充饑；衣索匹亞戰亂，殖民地式的經濟，造成大饑荒；以上皆咖啡生產大國，這些為我們生活帶來幸福的人，卻飽受飢餓貧困無情的侵襲著！當我們端起一杯香味滿溢的咖啡時，我們當心存感恩，盡力幫助、回饋為我們生活帶來幸福的人！

單親家庭中的遭遇，有因父親外遇，失去了完整的家，父母離異時，自己叛逆，恨父不忠，恨母軟弱，更恨自己無能為力，失去的童年，難以追回！數年後一個深夜，父女徹夜長談，終於釋懷，放下了多年的心頭重擔；生母衝刺自己事業學業第二春，兄姊手足各自拚學業、未來，生活雖不完美，但幸福就在其間，了解到父母並非不愛兒女，他們只是分開來愛！

人生是一場沒有彩排及輪迴的電影，幼時不知幸福為何，但離家後萬事難，才知在家千日好，失去時才了然擁有時的幸福，與父母相處時刻，便是人生中的大幸福！現代家庭離婚率節節高升，祖父母已取代了父母的角色，孩子領受到隔代父母的愛！小男孩與黃土狗，逛公園、曬太陽、吹涼風、聽蟬鳴簡樸的幸福，身邊的伴隨者卻是菲傭，哇！多奇異的組合。放學回家，享受一頓豐盛的美食點心，這樣純粹的幸福，竟顯得有些奢侈！由於社會結構的改變，家庭成員角色扮演的多元，使得原本易得的幸福難得，天賜的幸福變成是夢想！

生活上簡單的小幸福，如一杯咖啡，一場電影，一頓家人團聚的晚餐，放肆做自己。平凡的小幸福，如家庭生活中，共吃一碗牛肉麵，一起做些平凡小事，便是一種幸福。七歲小兒——夏日一口透心涼的冰！十七歲少年——和同儕出遊大笑！三十歲成年人——下班後用疲憊的眼神，凝視著熟睡中的兒女。七十長輩——癡望著孫女的微笑，生命的縮影，便在這些小幸福中慢慢編織而成。

演員的辛苦在謝幕那一刻，才感受到幸福的滋味。手足吵架和好後的滋味，是失而復得的一種幸福。知足的人，幸福終身陪伴。擁有感恩心的人，時時刻刻都是幸福。婚紗攝影工作者，是幸福時刻絕妙滋味的記錄者；保持未知，才能擁抱智慧；保持坦誠求知殷切，幸福時刻才不只是片刻。珍惜代替理所當然，包容代替無理取鬧，耐心代替針鋒相對。

幸福是早起時的陽光，幸福是別人對你的微笑，幸福是意外的驚喜，幸福是有個溫暖的家，幸福是一餐美味的佳餚，幸福是中樂透，幸福是家人的團聚，幸福是拋開工作壓力，安靜的坐在一個沒有城市喧嘩的郊外，好好享受一個人的時光，這是忙碌的人們奢求的幸福時刻，擁有了這些的人，比上不足比下有餘，非洲難民能飽餐一頓，瞬間便已擁有了幸福時光了！

幸福是踏實的追求自己的夢想，為努力而實踐幸福；幸福是目標確立、意念堅定、汲取新知、鐵杵磨成繡花針；幸福是另一半做出貼心的舉動時，幸福是當自己孩子呱呱墜地時，幸福是當孩子叫出第一聲爸爸媽媽時，幸福是當爺爺奶奶含飴弄孫時，幸福是有個美滿家庭，無盡父母的愛；幸福是知足常樂，溝通暢達，心靈交流；幸福是拍下美景網站分享，幸福是身邊有人支持陪伴。

幸福是工作上有成就，幸福是春暖花開，春天來到的幸福；幸福是久旱逢甘霖，他鄉遇故知；洞房花燭夜，金榜題名時；幸福是媽媽的擁抱，幸福是能再帶爸爸去大湖公園散步，幸福是能再和爸爸談心話，幸福是能再為爸爸洗澡澡，幸福是能再為爸爸洗衣服，幸福是能再為爸爸刷馬桶，幸福是能再為爸爸點眼藥，幸福是能再為爸爸準備餐點，幸福是能再和爸爸一起吃老公公（肯德基），幸福是能再夜巡爸爸的房間，幸福是能再和老友談心話。幸福是倘佯在波斯灣裡的陽光，幸福是享受沙烏地阿拉伯的春天，幸福是能與人資源共享，幸福是不再過漂泊流浪的生活。

繪畫時是幸福的，和戀人一起才是幸福，寫作時是幸福的，發薪水時是幸福的，收房租時是幸福的，還貸款時是幸福的，有人疼愛是幸福的，有人關心是幸福的，有人照顧是幸福的，有人體諒是幸福的，有人想念是幸福的，有人糾纏是幸福的。

幸福早點——媽媽的愛簡單而令人難忘，是一天活力的泉源。和母親共度午後時光的幸福。幸福可以很困難，也可以很簡單，以平常心看待幸福！得之艱難的幸福——愛一個不該愛的人，愛一個不愛自己的男人！韶光易逝，似水流年，人如蜉蝣於天地之間，倏短隨化，而宇宙恆常，人生的長度看似長遠，而時光瞬息萬變，又如掌中細砂傾瀉，那些值得追憶的、緬懷的、感嘆的、玩味的魔幻時刻，終將與我們的肉體靈魂，一同走入歷史的扉頁。

一個人的幸福時刻是衣食無憂，心靈自由，自在快意，幸福的時刻在心念裡，父慈子孝，兄友弟恭，仁義禮智信，敬業樂群，大公無私，中國儒家文化的道義，雖耳熟能詳，卻記載著精要的幸福原則。現代人多暴戾之氣，儘管飽讀詩書，卻違反倫常，以至災禍連連，皆是現世報應，其實幸福時刻就在每一個當下。每一個心性善念始發的時刻，若能心存善念，人類的幸福時刻終將來到！

品德教育也可以量化

國文教育的施行，自國小、國中、高中、大學一路上來，皆以國語文基礎的建立，品格德行的養成為依歸。在美語盛行成為世界語言的同時，我們自然不能在國際語文能力指標下落人之後。因此，由小學開始提早建立外語能力，許多為人父母者，更將子女送進全美語幼兒園，為的是要贏在起跑點上。現在八、九年級的孩子與電腦、手機等視訊產物一同生長、茁壯，對於追求新穎、變化更是趨之若鶩。相對的在國文的學習領域，便顯得興趣缺缺，在品德陶冶這一塊，更認為是古董級的需求。在政府提倡品德教育的同時，今日社會許多的亂象，使我們不得不深思科技進步神速之際，人心人性的品質提昇，是否也跟著趕上了腳步？

在中小學階段，學校與家長付出了許多心力，在孩子語文教育、生活教育與品格養成上著墨，著實打下了良好的基石。但隨著年齡增長，學習的項目增多，孩子在無力負荷眾多知識的後續準備工作下，許多人沉迷在電玩、網咖自我麻醉，打發時間，逃避現實，忘了身為知識人，應全方位的充實而非僅科技新知的追求而已。少子化的現象益趨嚴重的社會形式下，新一代的學子除了在技能上，必須做好多元化的儲備工作，在品德的養成上，對日後成為社會中堅，亦有領頭羊的指標性任務。現代的科技進步日新月異，已投入太多的人力、物力、財力，吸取了大多數人的目光焦點，似乎未涉足先進科技電子產品，或聞所未聞，即成了落伍一族，大眾不再關心一個人的人品如何，卻出現許多埋怨家庭親子疏離、夫妻關係脫序，男女交往複雜的聲音。與其說我們的社會出了什麼問題，不如問現代人心找到了安頓的家了嗎？

近年社會上許多行業，發生了一些令人匪夷所思的事件，不禁令我們想到這些高級知識分子，應是通過千錘百鍊的考試合格，才達到今日的社會地位，令人稱羨的工作職務，何以仍然發生令人不解的出軌行為？諸如法官為子關說肇逃知法犯法、補教名師不倫戀忝為人師做了最壞的示範、知名藝人吸毒、召妓、逃漏稅、做盡了為惡之事等。藝人的天職，本是帶給人歡笑，私德卻是全然相反的人生態度，名為解壓，追本溯源則是掉入社會的大染缸無法自拔。這不禁讓我們省思，學校教育的持續力到底有多長，能夠抵擋住學子離校畢業後多少年，在遇見考驗試煉的時候，仍能不忘校訓、師訓，檢點自我而不偏不倚？

在暑假即將結束前，盛夏的暑熱也漸漸退去了飛揚的羽翼，些許的薰風拂過窗前兩層樓高的香椿樹，時而有如妙齡女郎穿著多層的舞裙，曼妙輕盈的跳躍著；時而又如矜持的少女如如不動，像是靜觀其變般的挺立著。看著眼前的一座山，山前的樹葉，時而搖曳生姿，時而靜謐安詳，時而蟲唧蟬鳴，時而又悄然無聲。使我體會到，山前的樹枝雖搖曳，樹葉雖晃動，但山卻如如不動，儘管覆蓋著山的外貌，隨著季節如此的多樣，而它的本質卻是穩若泰山的。中華五千年的文化傳統，正如堅若磐石的高山，歷代以來經歷過多少的戰爭變亂，至今仍然保留著經典文化代代相傳，以整個歷史的沿革，反觀今日社會品德亂象，只不過是清風徐來引起的一陣枝葉搖擺而已，數千年的文化精髓傳統，是禁得起考驗的，而中途的邪魔歪道，是起不了大作用的。在群魔亂舞一陣之後，必當再度恢復平靜，少數人的敗德亂行，終將被唾棄，而走在正道上的大多數人，則必須時時被提醒而不至迷失，這時良好的品德教育便扮演著極為重要的角色。

品德修養，在學生時期，有學校的老師將之融入課程中，潛移默化培養心性，加以國文課程注入文學素養，予以薰陶培育，期望下一代成為內外兼備的青年學子。論品格，除了要有許多典範，作為指標人物以師法，仍需個人的實踐不怠，身體力行。尚書兌命曰：「敬孫務時敏，厥脩乃來。」現在所說的終身學習，亦即為人要保持恭敬謙遜，務求及時奮勉精進，無論學養上或技能上都要虛心求教，勤勉向學，自然能修成正果，達成目標。個人的品德，並非由上了多少課，聽了多少演講，讀了多少書，做到何種職位，得到多麼崇高的名分獎項，而可以品評個人的道德崇高與否；而是經由社會的安定、平順，人民生活的祥和、守分，反映出來人民的品德水準。因此，如果只是著重在舉辦了多少場次的論品德的演講，倒不如表揚許多典範人物，品德高超、樂於助人、有益於社會、激勵人心的美德案例，要來的更加有效益，也更能提升人民的精神文化層次。要量化科技產業、商業效能、經濟利益、也許是顯而易見的一種奏效方式，而人文素養的培育，精神層次的陶冶，實非今日推動品德，提升教育，著重的許多數字所能如此簡化的！

再一次尋找您的足跡

您以前坐過的椅子上，我的心情非常地激動，爸爸如果我能再一次和您一起來看中醫，我將不計任何代價，來換取這樣的機會，可是，我再也沒有這樣的機會了，現在的我形單影隻，看病、買菜、做飯、吃飯皆是如此。我失去了長久以來的精神依靠，我再也無法向爸爸撒嬌了。成長原來是一種忍受孤獨的境界，成長原來是學習怎樣自處，十二點到達中醫院等號碼第103時才可進入，鄭醫師問我身體狀況，血壓早上收縮壓120-130間，舒張壓75-85間，心跳50左右，精神不佳，提不起勁，等拿中藥時，已是人潮散去時分，剩下一、二個病患十二點五十分看著鄭醫師下班離去，人生便是在開始、結束，上班、下班，上課、下課，看診、下診中不斷反覆運作，生命也在此運行中週而復始。

今天清理父親的床鋪，實令人觸景傷情，整理書房父親遺留下的東西，捨不得模糊了原有的記憶，對於舊物我有著濃濃的情感執著，緊守住保持現狀的原則。父親十六歲就離開湖北老家，為掙脫傳統禮教的束縛，為自己創造一片新天地而冒險犯難，孤軍奮鬥，白手起家，投筆從戎。在晚年時，享受年輕時候付出的犧牲，也讓為人子女的我們，擁有聊表孝思的機會，圓滿我們克盡孝道的本分，使我們在孝順父母的人生課程中，沒有遺憾！

父親的言教，在平時經常告誡我們，做人要吃點虧，要做個大智若愚的人，看待眾生年老者，要如自己父母般孝敬；年紀相彷者，要當作兄弟姊妹一般的敬愛；年紀幼小者，要當作自己兒女一般的愛護，這是人性中最高潔、最真、最善、最美、最清淨、最無染的愛。爸爸說清茶淡香，既可口又提神，要是太濃，就苦得喝不下了。父親您的苦口婆心，原來是要我們拋開塵世的煩惱，凡事看淡，澈底覺悟，昇華愛的真諦，得到解脫啊！

感謝父親嚴以律己、寬以待人的教育方式，常常訓勉我們：「人有恩於我，不可或忘也；我有恩於人，不可不忘也。」父親也特別強調，要我們記住祖訓：「德門集慶」、「積德前程應遠大，存仁後地自寬宏。」、「光前裕後」、「忠厚留有餘地步，和平養無限天機。」父親慈悲為懷，忠孝傳家，在生活中，言談間，流露出大愛的胸襟，父親您的長壽之道，也就是存在於生活哲理之中啊！

父親在兒女的教育上時常叮嚀：「真正的戰爭是打在開火之前，最後的勝利取決於準備之時。」父親說的字字珠璣，實在是珍貴萬分，無非是要激勵我們上進、求學、心無旁鶩。父親用生命來教化我們，身為有緣兒女，一定要恪遵您的教誨，再一次尋找您的足跡，努力不懈，活出父親的軍人魂，光宗耀祖！

一個午後的心靈獨白

當我過了一枝花的年紀時，突然有著一種莫名的失落，我不知道在追求了大半生的學業事業告一段落時，尚有什麼足以期待和投入的，我的生命陷入了另一重的排列組合。在過往的歲月裡，為了追求未來的坦途，除了忙碌還是忙碌向前一頭衝。當我坐在研究室裡，靜靜的看著桌上媽媽年輕時的照片，我不禁訝異我正處於和媽媽當年相彷的年紀啊！歲月的更逝，年代的差異，我們這一代揮別了舊社會的約束和困苦，沉浸在自由和富足的空氣中，我驚覺到父母生命延續的真諦！

自孩提時代，我總是個懵懂而天真的小女孩，認鐘要爸爸拿大洗澡盆在地上畫成大時鐘，我才能加深印象；對數字的概念一直分辨不清，連在班上倒數名列前矛，還以為數字愈多愈好，弄得父母啼笑皆非，傷透腦筋。小學時，爸爸駐防澎湖，長年不在家，但對爸爸的印象，總是慈祥而充滿關愛的，每當爸爸休假回北港時，我總是賴在床上，教爸爸講台語，弄得全家捧腹大笑。冬天時，一家人全窩在一張床上，聽著廣播劇，七個孩子在被窩裡手舞足蹈、談天說地；眷村的清苦日子，實在是喚也喚不回的甜蜜回憶，醬油、豬油泡飯，我們吃得津津有味；配給糧餉的歲月，我們同心合力，爸爸終年穿著補丁的軍褲，而我們逢年過節，仍然享有一條賒來的嶄新原子褲穿。小時候我最愛養小動物和園藝，所以媽媽叫我負責養前院的九斤雞、紅嘴鴨和種後院的葡萄樹，每當雞下蛋時我就興奮得大叫，立刻捧著微溫的雞蛋給媽媽加菜；紅嘴鴨一天天長大，我們卻不能動，因為那是給哥哥進補用的，最讓我不能割捨的是我種的葡萄樹。那一年，我們家葡萄大豐收，媽媽說要賣給市場上賣番茄的女人，於是我們將好的、大的放一堆，小的、爛的放另一堆，當那番茄女人挑著扁擔來時，頓時我們家的累累果實，全不見了，我為此很難過，一直痛恨那女人偷走了我辛苦的成果；媽媽溫柔地對我說，我想有肉有菜吃就要捨掉過多的葡萄，現在想想，沒有父母用心良苦、任勞任怨的「捨」，哪有我們日漸茁壯、堅強不屈的「得」啊！

聽哥哥姊姊們常談起我嬰兒時期腦部長瘤開刀的事，要不是媽媽細心早期發現和爸爸耐心全程陪伴動手術，我怎能出落得像媽媽一般的秀氣，記得讀幼稚園時，我常感冒，雖然家境艱難，小小心靈仍存有一絲孩童的虛榮心和夢想，爸爸雖然是軍人，但粗中有細，每次到台北出差回北港時，總不忘幫我帶回一雙小玻璃高跟鞋，精神食糧勝過一切，我竟能因此不藥而癒。我個頭高，讀小學一年級已是十足的小大人，爸爸帶我參加各種晚會和喜宴，爸爸的海派，與同袍的談笑風生、爽朗健談，雖在酒杯之間，卻在我心中烙下了深印。有一次，爸帶我到嘉義喝喜酒，回程我有點暈車又受不了風寒，在公車上便想發嘔，爸爸一路安慰我，叫我不要怕，想吐就吐在他身上沒關係，我果然放大膽的吐了爸一身，吐完了人就漸清醒了過來，但可苦了老爸，在冬天的寒風中穿著一身穢氣滿佈的風衣，而那濕冷腥臭的外衣內，卻包含著一顆溫暖、火熱的愛心！

小學一年級，班導師發現我有舞蹈的天分，要我回家徵求媽媽的同意參加學校集訓，而我給老師的答案並沒有打消老師的急切，老師願意義務教舞，媽媽也鼓勵我，她說功課不好慢慢來，人只要有一技之長，總有出人頭地的一天，爸爸雖然不在身邊，我們要把他的堅強毅力表現出來，為了讓爸爸以為我榮，我在小一時就站上了北港媽祖廟的宗聖台，獨舞一曲〈小花帽〉，博得了滿堂彩！弱質的身軀裡，流著爸爸堅毅果敢的血和媽媽善良純真的情，一曲〈小花帽〉，在黑白的五零年代，舞出了我彩色的歡樂童年！只可惜好景不常，小學四年級時，媽媽病重離開了我們，我們再也不能一人抓住媽媽的一隻手或一隻腳、一塊肉，依偎在那張大床上聊天，再也不能和媽媽一起在院子前洗衣台上，用腳踩洗衣服；而我依稀彷彿還能憶起媽媽瞇著眼，夾煤球生火做飯的身影和病中幾度囑咐我要自己梳理辮子、穿乾淨衣服、常洗頭的溫柔聲音。十歲前的歲月，爸爸為了軍中職務，在前線保家衛國，媽媽則母兼父職，標準的相夫教子的傳統女性，在我們兒女的心中是完美無缺的，她的愛是永恆不朽的！

媽媽過世後，我們舉家北遷，離開了那塊傷心地，展開了我們陳氏一族的一段奮鬥黑暗時期。為了家計爸爸原已自軍中退休，又二度至聯勤工作退而未休，大姊、二姊為了增加家庭收入，去推銷報紙還被狼狗追殺、大姊不斷的接家教，二姊不斷的接通告，只為了多存些活命的錢，改善一家人租屋的窘境。三姊、四姊、大哥、小哥和我則在家中做些手工貼補家用，穿珠子的歲月陪伴我們度過多少個星期假日，微薄的工資換來的，只是永遠休息不夠的疲憊和三姊、四姊的近視眼。爸爸看到我們的表現，在家庭會議中深切表示，年輕奮鬥的歲月是有限的，把時間拿來做工人做的事太可惜，我們沒有背景、沒有靠山，只有靠自己好好讀書，拚出一番成績，自然有出路。此後我們兄弟姊妹們憑著衝、衝、衝的革命家族血脈，一路往爸爸心目中理想的康莊大道奮勇邁進！

時光飛逝，從北港來到台北已匆匆過了四十個年頭了，我們由一群少不更事的年輕人漸漸步入了中年；烏溜溜的秀髮，在不經意間，失去了光澤；白紙般的人生也已歷盡滄桑；我們的髮色變了，我們的體型變了，但我們手足互助合作的心沒變，我們愛父母的心更堅！

自大學時代至今三十年，我一直是秉持著爸爸對我們的教誨，努力讀書，開創人生，堅強獨立，百折不撓；也因為一直過著學生的生活而與爸爸相處時間最長，惹爸爸生氣的次數也最多；十歲以後，爸便父兼母職照顧家庭、子女，守護著我們每一個孩子；順境時，爸為我們欣喜若狂；逆境時，更為我們如坐針氈。回想自己生命中的許多片段，因為有父母的陪伴，才有衝刺的本錢。幼年母親早逝，在我的生命中雖欠缺了一份母親的呵護，而我始終努力保存著心中對母親身影的記憶，更努力要將母親給我的血肉，活得實在。在我漫長的學習路上、無數個夜深人靜的夜裡，爸爸堅毅果敢的血液，在我身上奔流，我可以沒有後顧之憂，我可以高枕安眠，我可以全力衝刺，我可以放肆撒嬌，只因為爸爸在我身邊啊！爸爸媽媽由中國大陸渡海而來，一把情種，一腔真情，轟轟烈烈的與一群孩子結了緣，我們手足的前半生，在困苦艱難的環境中，夾雜著歡笑和淚水成長，沒有電視的日子裡，我們有家人的笑語滋潤；沒有娛樂的物質生活中，我們有飽滿的心彼此溫暖；沒有山珍海味的養分品嚐，我們卻有勝過滿漢全席的爸爸、媽媽的愛心營養餐。隨著流金的歲月，眷村的回憶已成了塵封的往事，手足或因學業、或因事業各自忙碌，或因家庭、或因子女而肩負責任，相聚雖有限，手足之情卻永存。每當為爸慶生、或逢年過節，我們總又能再次歡聚、共敘家常，牽繫住我們手足的心，環結起我們手足之情的最大原動力，原來就是——最親愛的爸爸啊！

面對著窗前的燦爛驕陽，仰望著藍天白雲，眼前一片的翠綠，我有面對著一座山、二十年望著同一棵樹的執著；也有堅守所學，十年寒窗的韌性；更有著對父母、手足寒暑不變、窮達不移的赤誠。然而，春花再開，草原新綠，已不是去年的枝葉，與家人相處只有珍惜，只有感恩，只有把握住現在，吐露真情，全新懺悔，往昔所造諸惡業，皆由無始貪瞋癡，從今而後，如嬰孩般重新做人，雖然不必再吃一回豬油拌飯，再度一次養鴨歲月，虛心、誠心、愛心將伴我和中年的手足們，打造一個心連心、手牽手的未來！

每當在大湖公園被人問起爸爸的養生之道、在熊威超市店員讚美爸爸的神采奕奕、在德文被誤以為是我哥、在學校自強活動時，同事的頻舉拇指時，我是神氣的，我是驕傲的，我是騰雲駕霧的！每天早上上學前和爸打招呼，放學後歸心似箭的大象狂奔，爸復健好來電叫車時，和爸穿梭在各個風景名勝遊樂區，漁港、水庫、大街小巷品茗嚐鮮時，冬去春來季節更替忙換被清洗衣物時，我覺得我是無比幸福的，因為我還有爸爸可以愛！感謝爸爸給我這樣的榮譽職，我願意為您再刷一千年的馬桶！

夏日的九重葛

透過窗前翠綠繁生的九重葛葉，仰望七月烈日下的藍天、白雲和青山，我有千言萬語蓄積胸臆，是喚不回久等的親情？是解不開悶葫蘆的友情？還是追也追不回青春的憂鬱情感？糾葛、抑鬱是九重葛的魔咒？是生命中不可承受之重所帶來的情鎖？還是尋不到心中藍天的恐懼？我苦苦地、失落地尋找著答案！

創造力為苦悶的象徵，生命的本質即是孤獨——當你無權選擇來到人世之時、無權選擇離開人間之際、無力挽回成人世界的愛恨情仇、當你手足無措、心力交瘁時，孤獨的腳步即如影隨形地緊跟在後，我的創造力伴隨著無限的苦悶而來。

想起那次最後聚餐父親的一席話：大家有緣在一起幾十年，兒女對於父母的孝心、奉獻、照顧、無微不至，一併代表媽媽感謝大家。醫師交代爸的病，要在輕鬆愉快的環境中生活，人走了是不能復生的，爸永遠關心大家，希望大家能向上向前發展過生活。父母愛兒女的心是一樣的，只會記得兒女的好，靠自己努力奮鬥都能往好的方面發展，父母只能在精神上照顧大家，千言萬語是想表達對大家的愛及關心，希望大家永遠能團結互助。

父親對兒女仍有一絲留念，想到人之往生，是另一門學問，已對兒女有所交代準備便了無遺憾了。父親的愛發出的光和熱有如夏日的驕陽，無盡的關懷更如九重葛一般，不分方向全方位的照顧兒女們，今日思及父親昔日所言，恍如隔世，深有所感，生命短暫，無私於天地之間，無愧於父母所生，應是做到了異於禽獸的地步了！

春之歌

清明暮春環山滿園充滿著活力四射驗光返照的日日春，三花瓣的紅蝴蝶、橘水仙、粉彩蝶在枝葉末梢搖曳生姿，偶然透著金面山中伴隨瘴癘氣息而來的鳥叫、蛙鳴、花香四溢，雖有石灰灑在園中四周，防止蟲蛇乘隙竄入，但享受大自然質樸的同時，就必須接受鄉野逸趣帶來的不速之客侵犯，每當打掃落葉塵土結集了一大堆的枯葉，將之回歸在日日春的枝葉下當作肥料再利用，在做環境維護的同時，亦做了最佳的廢物回收再利用。大自然經由新陳代謝，不斷製造植物垃圾，而我卻將之導入成無窮盡的天然肥料、養分的來源。

生命的動點和心靈的環保，在繁囂的眾生和動植物生靈之中，實是一體的兩面和動靜對照的源源哲理，每一盆景如九重葛、金錢樹、綠絲絨、虎頭蘭、長春藤等常綠植物，任由風吹雨打晴雨不定，它依然四季常綠無懼天候的質變因素；日日春的生命力更是令人咋舌，無心插柳柳成蔭，實是詮釋人生許多矛盾動點的最佳註腳。最普通貧瘠之土地亦能竄出絕美的彩絢葉瓣，豐富了大自然的美豔色彩，更照亮了人們心中多彩的園地，那多枝葉的彩瓣、重瓣花種綻放著默默的光圈，亮麗了人們枯燥乾涸的心靈，也渲染了人們缺乏色調的生命調色盤，人生如戲，人生如夢，人生如花，實在一點不假。

花博躬逢其盛由去年冬天至百年新春，歷經去冬的各式蘭花，歲末的聖誕紅、聖誕粉、聖誕黃、聖誕黑等，那麼多的改良品種令人目不暇給；今春的喇叭花、雞冠花、日日春、雛菊、粉黃白紅的瑪格莉特、孤挺花等，讓人不禁領受了大自然絕佳無盡的生命力，和多樣多變的創造力，紅花有深紅、玫瑰紅、桃紅、粉紅、淡粉彩等；多樣層次的色調，全然渾然天成而非人力可及。人當學習大自然，不排斥外物，充滿學習的心，如海納百川，充滿包容力，以圓滿人生。

由物質中往往可體會生命中的妙智慧，植物雖為靜態卻充滿值得人們學習之處，萬物靜觀皆自得，四時佳興與人同。能達到動靜得宜，實乃莫大修養功夫。人當學習大自然之靜默不語以免於遭受嫉害，實有其人生哲理蘊育於百花之中。

萬綠叢中一點紅，紅花亦需綠葉的陪襯，如木棉花實為最具說服力的植物，當他盛開時如萬點黃金充斥高聳的大樹上，而此時卻看不見一片樹葉在樹上，實是功成身退、不居其功的最佳詮釋。人生要成就圓滿不遭嫉害，亦當學習植物的退讓、不居功、無語、謙卑之表現；如含羞草的謙卑、退讓、無僭越之質份，生命的樂章便在種種樣貌的花語、花樣、花聲、花心中傳遞給人們。

花朵是平凡中見其偉大的象徵，逢年過節人們總要以花妝點年節的喜氣，切花犧牲了它自己的生命，卻成就完滿了眾生的喜怒哀樂；缺了素菊的陪襯，清明節少了點肅穆清香；少了香水百合，喪裡的進行少了點莊敬哀淒；沒有康乃馨的祝福，母親節少了一味懷思；沒有玫瑰花束，情人節無以表達情感愛意；沒有聖誕紅，年節氣氛少了鮮紅熱鬧的景象妝點；這些都該歸功花仙子的貢獻！大自然妝點的色彩，有賴生命自然界各花種的分工合作，互相陪襯伴隨！

由植物聯想動物對人類的貢獻，寵物豐富了人們寂寞孤獨的心靈，喚起了人們長久不用的愛心，導正了人們遲滯慵懶的惰心，粉碎了人們高傲我慢的驕心。現代人許多養寵物的經驗，正可反映出人們心中的孤寂感，將寵物當成自己的子女，尤其現在少子化、高齡化使現代人充斥著對工作的危機感。年輕人對繁衍種族失去信心，喪失了應有的責任感，不再思考生命的未來性，只求眼前短暫的歡娛；而植物的開花乃意味著傳遞花粉，繁衍種族，生生不息，瓜瓞綿綿。在現今充滿不確定性的年代、不安的時代，思索著自我複製，已成為人們心中淺淺的痛，久而久之，成了知覺上的麻木不仁。

春天象徵著欣欣向榮的繁盛榮景，大地發出春之聲，百花彩蝶編織春之舞，蟲唧鳥鳴合唱春之歌。一日之計在於晨，一年之計在於春，一生之計在於勤，大地回春等形容詞，皆充滿蓬勃朝氣、希望、活力、陽光等與春結合之意涵。若以年紀比之四季，春則如少年，夏則如壯年，秋則如中年，冬則如老年；足見春之為人歌頌、歡唱，帶給人的鼓舞策勵實是無可計數的啊！

和時間賽跑

這兩天吃飯都是我餵食，去復健時走路則步履蹣跚，看在眼裡不忍在心裡。曾幾何時爸竟已由健步如飛，成了隨時需要有人護持的小嬰兒，真是印證了返老還童的說法。回顧以往種種，爸爸總是對我疼愛有加，而今卻是危如累卵般的舉步維艱。多麼想再回到往日一同出遊，吃小吃，坐車兜風的歲月，爸爸如果我們能再續父女前緣，我願再做一次您的女兒；如果老天爺可憐見，就讓爸爸能再一次說愛我吧！

承蒙父親的看重，今日開始重新布置環山穴居，遵照父命啟動環山計畫。首先由門面做起，將樓梯間的壁癌刮除，塗上白色油漆，頓時陳年鬼屋，變成了煥然一新的拉皮老屋，事非經過不知難，公共梯間無人聞問，任由棄置，實為可惜。事實上只花了約兩小時，便一切搞定，並沒有想像中的困難。第二步便是打掃庭園，自從爸六月住院以來，便不曾去過環山，父親重病在床，怎能顧及家居的整潔，後花園自然是雜草叢生，但屋宇生機盎然，象徵著父母始終護佑著兒女，直到永遠。

這兩天照顧父親，兒女們展開24小時護持作戰計畫，我和父親本在精神上互相依賴，此次父親重病，照顧層次由精神層面，進階至生活大小便等的例行公事，父親本是拘謹的政戰軍人，平日生活皆自理，從不假手他人，更別說麻煩兒女，諸如洗澡、便後清洗肛門、塞肛劑、換內衣褲等個人私密事情，將嚴重損及嚴父形象，這次身體的虛弱，將原有的自尊、矜持、難堪都拋諸腦後，消失無影無蹤了。我和父親的關係，因為病魔的肆虐，父女的另類近距離接觸，反而使父女之情急遽的升溫中。

今天買了滾筒、伸縮桿、油漆盤、捕蚊燈，以備粉刷環山辦事處及整理內部之用，又將是一個忙碌的一天，我的眼睛好痛，要準備睡了。清晨三點半才睡，早上八點便被責任感給喚醒，照顧爸吃早餐和飯後中西藥，我才匆匆趕去上課。中午去KFC給爸爸買老公公，剛好碰上梅花中颱帶來的午後大雷雨，傾盆大雨倒了下來好像天破了一般，我衝到環山繼續未完的油漆工程，今天是高難度的玄關，因為有不少的旋轉處，加之又是天花板，全程都要仰頭，真夠為難了。

嫉妒，你這人性的劣根，像毒瘤一般，腐蝕著人心；私心，你這蛇蠍鬼魅，怎地無孔不入，使人走上一條不歸路；懶惰，你這十惡不赦的無賴，好吃懶做的蠹蟲，沙發上的芋泥，連拿起掛在你脖子上的餅都嫌重呢！又是一場午後的大雷雨，我在室內揮汗如雨，用僅剩的一點防水漆，想盡辦法刷完餐廳牆面。心裡是既失落又充滿著淒涼，工作完畢，拖著疲憊的身軀，回到家中，看到爸爸精神很好，自己吃著餅乾，嗑瓜子，吃得津津有味，我又順勢開了一瓶亞培，爸也一口氣乾了它，真是棒呆了！

迷迷糊糊睡到中午，前幾日的疲憊尚未退去，又即將迎接嶄新一天的挑戰，下午到環山，收拾粉刷後的殘局，房子大，不論你怎麼做，似乎一如船過水無痕，都看不見努力的成果。船在海上搭載過無數的旅客，而船經過大海，卻並無痕跡留下，只有靠被載過的人做見證。今天客廳和餐廳的活動空間，大致上算克難完工備用。晚上去大潤發買寶寶枕頭和燒菜的材料，回家時路上聽到慈濟大愛台廣播，給了我一些啟發，天下無難事，只怕有心人。凡事只要心念正確，時時提升個人的素質和品行，則日日是好日，父親節油漆工程終於結束，父親心已安也不願造成兒女更多的負擔，凡走過必留痕跡，雖至今時移勢易，至親已然升天，留下的仍是讓兒女們振奮積極永遠要和時間賽跑的堅毅精神！

化作椿泥更護花

時過秋分，我們不像往常月圓人團圓，而是共聚一堂在為父親您送行，憶起兒時，父親常因公調至澎湖、馬公、金門等外島服務，過著和家庭、兒女聚少離多的歲月，但每當回家時，總是在非常拮据微薄的薪餉中，竭盡所能買些禮物給孩子們，在民國四十年代經濟艱難的生活中，父親長年靠著沉重的借貸，堅持讓兒女接受完整的教育。父親常說因為沒有能留下什麼禮物給兒女，懷有歉意。然而父親多年背負著這種甜蜜的負荷，就是給我們生命最有價值的禮物啊！

親愛的父親：我們何其有幸，能成為您的兒女，歷經戰亂，甘苦與共，我們一起走過艱辛的歲月，也有共同歡笑的日子，我們的生活中，父親早已如影隨形。您是我們生命的領航者，是我們人生的導師，是我們最強而有力的精神支柱。父親和我們的關係，亦師亦友，密不可分，在潛移默化之中，我們已經身體力行在父親耳提面命的家訓裡了。

因為有父親，雖然我們都是年過半百的銀髮中年人，但是在心裡上，我們還是認為自己是孩子；因為有老人家在，許多的煩惱、痛苦，都化作報喜不報憂的歡樂畫面；因為家中有一寶，我們心理上呈現的，都是無上的欣喜愉悅；因為有高壽的父親，我們的穿著，都是帶有喜氣色彩的裝扮，為的是討父親的歡喜和吉利的兆頭！因為要為父親佈德，我們的作為是珍惜生命，樂善好施，與人為善，服務眾生。

父母生養我們，為我們付出了一生的心血，在人生的舞台上，已經做了最完美的演出；我們應當竭盡心力，展現出生命的光彩。我們就是父母生命的延續，更要為父母漂亮過我們的後半生，來榮耀父母，為父母爭光。人生雖是苦海，但是我們因為有父母的愛，享受了無數個穩定、安全、快樂、自在的日子；手足們在父親離開前的一段時間，發揮了最大的友愛親情，二十四小時輪流值班，護持老父，希望父親在最後階段，得到最佳、最貼心的照顧；幾度，我們面臨生命收放的考驗，該何去何從？我們祈禱上天，保佑老爸爸平安康泰，我們誠心求助十方諸佛、各路神明，來護持老父親。最後，雖然我們有萬千的不捨，但是也只有接受事實，為父親祝福，往生極樂，返歸理天，果證菩提。

我們和父親有太多太多的美好回憶，有太深太深的親情交織；永智在數度的熱淚盈眶中，含淚提筆；又在淚如雨下的悲痛裡，回憶前塵；紙短情長，我們和父親的緣分，超過了半個世紀，我在家中排行最小，媽媽走的時候，我只有九歲，爸爸父代母職，陪伴我走過了青春期，直到我步入了中年，我還能擁有爸爸對我無限的關愛，這是我最大的福氣啊！每天晚上，爸爸殷切期盼我回家，為我等門，這種家的溫暖，也將成為絕響！

父親臨終遺訓，我們會牢記在心，父親對生命的熱愛，堅強獨立，永遠懷抱著希望，帶給我們對生命的重新認識，我們要為父親而活，活出父親軍人不屈不撓的精神，活出老兵不死的軍人魂，活出信心，活出力量，活出熱愛生命的光輝來！我們向已升天做菩薩的父親，用最恭敬的心，最不捨的心，送父親最後一程，千言萬語，難以表達對父親養育之恩的感謝於萬一，希望父親一路好走，將來我們在天上會再相見，和爸爸、媽媽、列祖、列宗再續前緣！

得失的平衡點

都市住宅寸土寸金，搬家會捨不得家具，但捨了家具，得著了空間；捨了別墅，暫別擁有使用權，得了現金，寬解了貸款危機；捨了多年衣物，心情放下，換了主人照顧，物盡其用，救了貧苦人；將絆腳石化為踏腳石，拿出百分百認真的態度，面對問題，即使被絆倒了，姿勢也是優雅的，若是太投入於投資報酬率，過於功利，顧慮太多就是最大弊病，失敗為成功之母。

為獲上看數億元的樂透，失去了無價的快樂；為了愛情，失去了家人好友相處的美好時光；為了追求夢想，卻失去了一切；為了得到毫無生命的獎杯，卻失去了難能可貴的知己；為了追求無意義的財富累積，卻失去了關心愛護自己的知心好友；為了截稿日進而不顧親人，孤高不馴的態度，正如得到獎杯多年後的灰塵般木然僵硬，人為萬物之靈，要顧及的應是內心的感受，而非那有形的冰冷物質啊！

人生乃得與失精彩交織的樂章，如何譜出悅耳動聽的交響樂，端看個人巧妙的拿捏功力。悲苦的樂章，如國立大學生因課業壓力而自縊，得了自由，失去迎接成功的機會。考試院長關中女，因感情受挫，由高樓一躍而下，雖解脫了情感的桎梏，卻傷了父母的心；放棄了照管子女的責任，成了不負責任的父母，背負著社會唾棄聲浪中的負面教材範例。單親父母失業攜子女跳海同盡，呼吸到解除經濟壓力的自由空氣，卻失去了與孩子共同成長的機會、親子相處的喜悅和天倫之樂，再也看不見寶貴生命的美好未來。

都市人的壓力在於房貸、孩子學費、家人保險費、名牌包、高級名車等。鄉下人得失心、名利心較淡泊，同樣是住家，夜眠八尺，台北帝寶每坪數百萬元，而鄉下則每坪數萬元，價差有千百倍之遙，只要心境轉變，環境便能改變，人生的平衡點在於個人準確的掌控。

得失乃一體的兩面，態度決定高度，要提得起放得下。要得到他人的關懷，必須先行付出，不懂得關懷他人的冷血動物，終將咎由自取孤獨一生，同樣得不到他人的關懷。口足畫家楊恩典失了雙手，卻活出了雙腳萬能的神話，不但食衣住行自理無虞，還能生兒育女無懼困難，實為最佳的生命鬥士，更是勇者的典範。失去了雙手，得到發揮藝術天賦的機會，若非肢體上的缺陷，可能只是一個平凡女孩，但因失去正常形體，而成就平凡中的偉大。

球員在球場上的風光，乃用孤獨、寂寞、傷痕、汗水換來的，只看自己覺得值與不值，失了家人、朋友，若得了個人自信、自在、自給自足，只要心中能自我平衡即可！得到必定會付出失去的代價，如單親家庭父親為了養家，辛苦工作，而子女因失去家庭溫暖，寂寞而叛逆。人生哲理實乃蘊藏在家庭倫理親情之中。如照顧晚年父母，當及時訴衷情，勿留遺恨，造成子欲養而親不待；工作超時導致過勞死，雖得到金錢的報償，卻失去了美好人生；親人離開世上，雖叫人椎心刺骨，若能轉換心境，將可再次展開另一新生命。

教師與學生間的關係，老師體會到對學生的影響力，得到了教學經驗與回饋，但卻失去了青春，眼見歲月的點滴流逝。公車上讓位，得到了助人的快樂，而失去短暫的舒適，值得的！在得到的同時，也將付出等值的損失，得與失隨著年齡增長，時光流逝，實為公允而平衡。

彌勒佛化身布袋和尚時的一首偈語〈插秧偈〉手把青秧插滿田，低頭便見水中天；六根清淨方為道，退後原來是向前。偈語形容一個農夫插秧時，一把把青秧插滿田，低頭看到水中盪漾的藍天，也看到了自己！一般人的通病，只看到別人的短處，看不到自己的過失。水中藍天如明鏡，人要自覺自悟，使本性清澈顯現，使自己的眼、耳、鼻、舌、身、意六根，不被外面的色、聲、香、味、觸、法六塵污染，時時保持自性的清淨，就是道，就是修行。

「退後原來是向前」，頗有哲理意味。農夫插秧，一面插青秧，一面往後退，回返到田邊，田中的秧苗才能插得筆直，路徑似退而實進。有時候，退讓不是完全的消極，反而是積極的以退為進。因緣天注定，過去、現在、未來皆是變幻無常，只有眼前才是真實的場景，否則便容易被過往的懷思與不捨，遮掩了當下的美好。雖然人不可無情，但若無法務實的實踐心願時，何不放諸流水？讓時間帶走已經逝去的歲月，好好把握眼前所見所聞，便能「低頭便見水中天」了。生命中許多動點和關鍵時刻，都必須靜下心仔細思量，停頓是為下一階段的改變預做準備，如畫作中留白的部分，如生活要適度的讓自己放鬆一般，沒有黑色白色的純粹，怎能顯現其他色彩的多姿絢麗！

看泛黃的照片，喚起回憶，可得到人生的啟示和反省。看到別人的缺陷得到心靈的豐滿，因為看到別人沒有腳，卻能了然有腳的滿足，喜樂！跌倒時要在地上多抓些草，再爬起來，借力使力，由經驗吸取教訓。親子的疏離由於工作賺錢的忙碌，子女要體諒，父母要用心，努力溝通，心繫於親情的維護，才不至於失了本。在學學生因為打工，當了課業，實在是本末倒置。父母離異對子女的傷害深重，反之亦使之成長加速，生命的起落當到達最黑暗之時，便是最光明時刻的開端，當屆臨下坡谷底時，則正是邁向陡坡攀爬之時！

得失必須用另類思考，轉換心境，失意乃得意之契機，順境易招嫉、受陷、受挫；反之逆境使人重燃信心，奮發向上，以至再度獲得重生；禍福無常，得失非絕對而是相對，無須刻意趨避，要勇於面對！李白〈將進酒〉人生快意須盡歡，莫使金樽空對月，詩人誠實無欺的性格，正是現代人應效法的。現代詐騙層出不窮，投機者利令智昏，手段卑劣，行為不公不義，不勞而獲，踩在老實人的鮮血上慶功。防堵之道要懂得保持靈活思路，失而復得後再不貳過！

麵包師傅吳寶春，學歷雖不高，但生活刻苦富有研究精神，在烘焙的開心世界中，找到生命的意義。王永慶自幼貧苦，但勤奮節儉，自創品牌，樹立紮實口碑，成就了台灣經濟奇蹟。人生就像煮茶葉蛋，要有裂縫才會入味；老天爺關上了一道門，但會再開一扇窗。人生想得到什麼，就必須先失去。世上沒有這麼多的捨不得，不要想得太多，也就沒有失去的痛苦，先放手才能得到，一切只是過程，並非結束，擁有也只是過客，只是暫時！如歷史上帝王將相、文人雅士在仕途上的貶謫晉陞；現代外遇老大與小三之戰；棒球王建民台灣之光，在表現優異的光環之下，亦有關節受傷，賽事受挫的痛苦。人生的榮耀不在永不失敗，而在於跌倒後再爬起來的決心。失去了才懂得珍惜，從哪裡跌倒，就由哪裡再站起來，生命的延續乃在於智慧的累積，懂得掌握得失的平衡點，將順當掌握穩健踏實的人生。

數字人生

時下年輕人愛情百分百的超高標，使得學業、事業出現起伏時，難以自我紓解而造成憾事一樁又一樁。建中資優生因數字而認識自己的不凡，也因數字而被困住而走上不歸路。抬頭看看天空之美，升高自己的高度，雲彩每秒皆在變化，人生應架高、架空自己，了解生命的變幻無常，空性升起，自然得解脫而能超生了死。存摺中的數字不代表富有，心靈的存摺每日存入精神食糧，不斷修養，富貴便積累其中，不假外求自然得之。求學過程中的數字，踩踏著多少興奮與失落，補習班依數字而評斷孩子的進程與否，甚至依數字高低而劃分座位的前後，依排名的次序而論斷學生前途的光明和黯淡。以數字評鑑學習的成果，嚴重扭曲教育的過程，樂趣亦慘遭淹沒。年齡數字化，月入數字多寡，林益世年輕氣盛，未除三毒貪瞋癡，為金錢數字所困，而身陷囹圄，母親和妻子也同列被告，一家人囚牢中再會，真是自編牢籠自作自受。

一份份一包包一篇篇的批閱作文，每給一個分數就決定了一個學生的前途，我們做老師的也扮演著前程的主宰者，我們也在過著暑期中的數字人生。生活的長廊充斥著現實，與數字息息相關，數字無形中成為評斷一件事一個人甚至成就高下的準則，生活中亦必須與數字做緊密的結合，食衣住行莫不與數字緊密關連。一個人由出生到成長，受教育完成學業生兒育女，開創事業，添購新宅，至退休規劃旅行運動，都必須依賴數字輔助，有了明確的數字藍圖可幫助我們更有效率在人生道路上更順暢，更能鼓舞怠惰的心加快腳步達成目標。

人生常在生活中，成了選擇性的數字狂，規劃自己要在三十六歲前有多少存款，添置第一棟房子，數字在腦海中轉啊轉的，雖然最終擁有了一切，卻累垮了身體，實在得不償失，擁有卻無法享有，實在悲哀。步入中年對人生有了更深的體悟，《菜根譚》中云：「天薄我以福，吾厚吾德以迓之；天勞我以形，吾逸吾心以補之；天厄我以遇，吾以吾道以通知。」又何苦用數字的鎖鏈困住自己呢？如能超然於物我之關係，心境必能豁然開朗。

數字既與我們的生活密不可分，但不可太過在意，亦不可太過輕忽，尺度拿捏調整合宜，才是最恰當的，善加利用，必可為自己人生添加色彩能不甚乎。翻閱報紙及雜誌，讓我們呈現印象最深刻的，即是夾雜在文字中的數字，它到底有何魔力，能使讀者及使用者，不斷的運用在各種事物的分析上呢？以下列舉幾個個人觀點：稅務之運用：報稅人與稽徵機關，必須依照精準的財務分析數據，提供參考之用。媒體製作：依照抽樣而分配，以評估消費取向。健康評估：醫療院所儀器分析數字化，容易掌控病情及健康概況，以評估治療方針。科學研究的運用：研究者依據數字，調整並尋求答案，以作為輔助工具。食品烹調製作：數據化的量表，讓食物美味又保鮮，以維持高品質的產品之用。

凡事皆有一體之兩面，數字是最簡易的工具，但如固執己見，不知彈性運用，亦易誤導方向，如只利用統計數字評估就業率或出生率數字，政府單位若只看一些就業率的提升數據，便沾沾自喜，而不知研究整個社會環境及國際現勢，則將落入被數字呈現的假象所誤導而不自知。縮小至個人範圍，一般人只注重體重和腰圍，愛美的女性用各種方法讓體重數字下降，而忽略健康的數值，最後傷心又傷身。

綜觀以上論述，數字的運用，確實讓我們不僅在食衣住行、科學研究、醫學判斷等作為輔助，幫助我們獲得更精確的依據，我們運用各種的數字分析、歸納，讓生活更進步和美好，量化的社會使得大家都更理性化了，但忽略更重要的一點，即為感性和理性之間的平衡。我們的心靈成長似乎需要更多的滋潤和關懷，如何運用理性的數字來輔助感性的文化，不再只是專家學者製作量表來運用，期望藉由數字人生的啟發，能使我們的社會更祥和美麗。

放下的自在

期待收穫之前，一定要努力耕種，隨時處於充滿目標的狀態，做個準備展現實力，追求碩果的人，才有資格在失敗或不如意時，輕聲地談放下，得先盡了所有力量提起，這般的放下，才顯得瀟灑。放下是為了儲備下一次展翅高飛的能量，為了下一次烈日當空的種下揮汗！冬天過去就是春天了，轉念即可放下。老子提得起放得下，窮盡一生追求快樂，那些冷漠和譏諷不就是荷葉上滾動的露珠嗎？靜靜的等待，你會看見清晨的陽光帶走它，而享受風的串流，雲的變動，美麗的世界依然騷動你的靈魂，只要活著，生命就還在手心，機會和希望更是無與倫比呈現！

今日社會家庭現象，多是父母過度縱容溺愛子女而漸漸養成孩子的缺乏責任感，甚而毫無擔當的惡習。痛了自然就會放下，許多人總是心糾結著，痛苦著卻絲毫不放手，如祖母抱孫子，愛孫心切，腰酸背痛仍要抱著，名為含飴弄孫之樂，實則正體驗著身體被無知摧殘著，被我執無情的吞噬著！貪嗔癡三毒，使人執著難以放下，意念自我能轉為意念蒼生，實為生命轉折之大幸。

凡人總是要等到痛了，後悔了才想放手，放下尋求改變，居士與老和尚的故事，說明人們對人事物往往有著高度的期許，低了不滿意，高了還想更高，若能雲淡風輕看待每一件事，少一些執著，怎麼提就怎麼放，又有何困難呢？人生如一艘航向未知航程的小船，駛入海前，蘊藏著能擁有滿載而歸的機會，而航行過程中的未知風雨，卻考驗等待著我們！

對生命擁有熱情，是人生的一大幸福，而生命總愛開玩笑，常會重擊我們使得夢碎。忘懷得失，夜闌人靜時，放不下卻又無能為力的失落感，總不停地撥弄我們的心，緊握雙手，裡頭什麼都沒有，放開手才擁有一切。放下屠刀立地成佛，懂得放下才能使心靈得到解脫，不執迷才能面對新的事物，若終其一生執迷不悟，不只身心疲憊，更會使愛自己的父母手足難過，一生終究墜入後悔的深淵，萬劫而不復。放下，舊的不去，新的不來，人自幼由包尿布到免用尿布，有了自制力，由吸奶嘴到戒奶嘴，不斷重複，提起又放下的循環，直到進入棺木放下一切，榮登極樂世界。

面對接受放下，坦然面對生命的不完美，樂觀以待，從中學習經驗，轉念的重要，心念轉則境界隨之而轉，莫忘初衷，本心，莫失赤子之心。手放下一些糖，小手便可伸出糖果罐來，遇到困難，反向思考，即使放棄了手中的小鳥，我們還有滿山遍野的鳥鳴呢？淡定得失心，則無往不利！當真愛來臨時，就勇於冒險與追求，當情感淡去，也能大方退場，情之一字，讓世間多少男女深陷種種痛苦折磨之中，卻依然如飛蛾撲火般奮不顧身，愛情像毒藥讓人難以自拔而深陷其中，它的甜蜜讓人迷惑，它的歡愉讓人痴狂，它的寂寞讓人痛苦，它的無情讓人絕望，愛情讓人發狂，讓人們用盡各種努力，只為在其中享受片刻歡樂。愛情的美好人人嚮往，但世間總有許多錯誤，就像一杯苦澀的咖啡，而糖卻沒有為它調配出適宜的甜度，太甜或太苦都失去了原本的美滿，在愛情中，我們都曾有錯愛，那些嫉妒或傷心的結，總讓我們提不起更放不下。人生就是這樣一步步學習成長，一次次的愛情經驗，讓人們漸漸像手拉坯一樣，磨成一個完美的形狀，在提起與放下時，都那般無懼！

沒有人可以躲得掉放下這件事，因為如果我們沒有放下一些什麼，就不會再得到全新的自己，全新體驗人生的機會。每一個提起與放下，就是生命的轉折點。有高低起伏的人生，才更值得我們沉醉，否則若人生只是一條直線般的順利，也太乏味如八點檔連續劇一般了無新意。

男大生因交往不成而殺人棄屍，中年婦人不滿丈夫外遇而跳樓自殺，愈來愈多的新聞報導兩性感情問題而發生的悲劇，這便是在感情世界中提得起卻放不下。在愛的世界，常不顧一切付出，奉獻，同時期待著得到回饋，然而此刻正是痛苦的根苗油然而生，雙方若缺乏智慧的溝通、體諒與包容、感恩與尊重，是不可能長長久久的，加入了恩情與良知，愛情也能像親情一班永結同心。

心隨境轉，盛者必衰，諸行無常，即變數存在於生命之中，榮衰更替天地運行之道，以冷靜平靜心面對失敗與挫折，了解因果，自然易修心，戀愛就彷彿將對方的心修正自己的過失，漸漸導正言行，放進自己心裡，但這顆心好重，在心裡越久，份量越重，當有一天必須放下時，才發現好困難，當愛由雙向道變為單行道時，那顆心將不再跳動，變成巨石壓迫心田，好悶好痛，卻又捨不得拿出來，這便是執著，當你總算放下他時，你會發現自己好像重生一般自在，身心無比輕盈，唯有提得起放得下，才有資格讓感情在生命中循環更生。

人一出生便不斷被慾望所驅使，我們有口腹之慾，愛慾情慾等七情六慾的慾念，那一雙小手不停向空中狂抓，彷彿想抓住些什麼，在一生將盡之時，我們才有可能醒悟，原來生本來就是由無而來的。菩提本無樹，明鏡亦非台，本來無一物，何處惹塵埃。生不帶來，死不帶去，人們在強烈的我執慾海中沉浮，掉入眾生的泥淖中，能否化作出淤泥而不染的蓮花，端看個人能否修持自我，超越塵念，離苦得樂，自幼至長，不斷的競爭搶奪為了目標，堅持得點，人生捨了物，得了放鬆的感覺，連命都不是自己擁有的，還執著什麼不能放下呢？

放下驕傲才是得勝者，成功並非偶然，也不是必然，能提得起千斤重擔的考驗，也要能放下不易得來的結果，不是只憑著滿腔熱血，就能面對人生課題，失敗乃兵家常事，不必為自己的錯誤，而耿耿於懷，放下不是無奈而是有能耐，有的人因人生充滿變數，而放下最初理想，那不是放下，那是還沒提起就否定自己。捨棄一切看似難解，但這樣的過程滿足了人類的弱點，令他們深陷得心甘情願。當一個人沉靜夜闌十分，呼吸心跳配樂淺唱低吟的時刻，捫心自問，提起了什麼，又放下了什麼，是盲目還是有理想，是放棄還是放下，答案只有自己本心，不會自欺欺人，縱然世事無常，若懂得讓疲憊的眼神流掉一些眼淚，讓失敗的絆腳石，化為成功的墊腳石，減輕自己的負荷，就能營造出提得起放得下的安然順遂人生。

古代為官之人，大多提得起放不下，唯有賢如范仲淹、柳宗元、歐陽修之輩，從不以被貶官而哀愁，自怨自艾，因為他們了解自己在天地之間，扮演的角色，並能泰然自處，既然命運如此，又何必羈絆自己的心。其他境界更高的如許由，一開始就不去追求名利，沒有內心的牽附，又何來放不下的痛苦，而追求為王者難以解脫，更是不在少數，仔細審視自己的責任義務本分，觀其言行，而古聖先賢乃至今人現世實例，值得我們借鑑和學習，當自我以智慧判斷敢做敢當，有捨有得，才是生命的真諦。

搬家時必須丟掉許多看似將來用得到的東西，看似浪費，但如此才能輕鬆搬家，戀情走到尾聲，必須果決放手，給對方自由也給自己新的契機。放下後新的力量會出現，品格會向上提升，未來的道路會更加清晰，家中物品捨不得丟就成了垃圾場，放下捨不得丟的心，空間就騰了出來，心也寬了許多。花瓣撒落一地的不單只是純粹的花而已，它是世間萬物的平衡，因為必須這樣做，才能在春、夏、秋、冬交替的季節中繁衍下去，而如此單純的道理，正是我們要學會的放下。

秋的懷念

隨著東北季風的到來，陣陣狂風驟雨，在不經意間，時而突襲山巔層巒，興之所至地橫掃邊坡民戶，最後總又在盆地間惹得百姓驚呼連連。不同於夏季的烈日肆虐，叫人頭也抬不起，汗如雨下身黏如強力膠上身，秋天的涼爽清新，尤以雨後的鮮綠山林，最是令人沉醉流連！季節更迭時分，時而風雨交加，瞬間卻又緩解放晴，不知雲層薄暮之間，是否也藏就著一位愛耍脾氣的妙齡女神。枇杷樹清麗的枝葉，在山際淡雲清風中搖曳生姿；椰子樹氣派的闊葉，在風中勁揚，有如如不動的莊嚴群像；台灣欒樹適時應景的爭放異彩，勇奪行道樹頭彩；紫藤花更是爭奇鬥豔，群聚怒放，擺出不奪花魁不罷休的態勢！

初秋是個令人充滿感懷的日子，大地萬物皆有時令的更易，人世生老病死亦有存廢之消長，總在於何以養心調息，使自然律與人為力得到應有的平衡，從而能快意處世，便宜圓融，合和人事，樂以養生。當我們不知如何自處於人世間的動點時，不妨學習大自然的靜謐，山川江河歷經多少寒暑，總能屹立存續於大地之中。人們的處世態度，若能以大自然為表率，沉著穩重，以不變應萬變，本著繞指柔的韌性，戰勝不屈撓的剛強，將生命中的磨難、試煉，化成豐富的生命經驗，人生道路上的試金石，便是使我們充滿能量、勇猛精進的泉源。溫室中的花朵，經不起強風暴雨的凌虐；而風雨中飄零的芒草，卻是剛毅果敢的象徵；暖風和煦下的驕陽，固然溫暖美好，疾風狂烈的席捲，卻造就出勁草的無比耐力！正午放晴的天空，有著朵朵亮白的雲層，遠觀不變而細看則靜靜移動的淺灰雲朵，卻在亮白的層雲前緩緩而行，搶去了一片純白無暇層雲的風采。看似已晴朗的天候，竟又下起了太陽雨來，沒想到秋日的正午，仍如此的多變，令人捉摸不定，若無晴雨兩用傘應急，恐又將遭日兄雨伯的訕笑了。人生中之變故，亦常如晴雨般之難以逆料。

民國百年的九三軍人節，父親也是在這樣的秋日中仙逝，頃刻間我痛失精神支柱。當父親在世時，總覺自己仍是個孩子，父親總以小妹呼喚我。我常問父親若是我六、七十歲時怎麼叫我，他毫不猶豫的說：「當然還是小妹啊！」。我終於領悟到天底下，只有父母對子女的愛與包容是可以超越時空，不論條件的！在父母的心中，孩子永遠是孩子，你可以忘記年齡，肆意承歡在父母跟前。不管自己有多老，臉上歲月的滄桑有多深，對父母而言，我們如同臉上抹了一層厚厚的隔離霜，敷上了防皺抗老的面膜，實實在在地將年歲隔斷，返老還童了起來，殊不知父母看到的原來只是源自於他們身上的純真、善良的本性啊！

人生快意閒難得，閒中品味人生的自在，還須做到難得糊塗。當我們享受生命中難得的閒適，由其中獲得生命智慧的同時，亦背負著包容的使命。對自己不敬、不公、不義的怒氣和驕氣逼向眼前時，唯有平靜處之，安以待之，諒以對之。會對別人發怒，不成全別人，處處刁難別人的人，實在也是個可憐人。因為欠缺成人之美的德性，為自己造了業，日後也只有接受自作自受的苦況，只能自行承擔苦果。萬般皆不去，唯有業隨身。我們的行、住、坐、臥每一個動點，其實都是學習的功課。勢利的態度與名利的追逐，是我們生活上最大的盲點，能不斷自我省視，自我修正，日日勤於除惡，心中的芒草才能除盡，若任其棄置，春風吹又生，芒草糾結再生，一如心中雜草叢生，吸乾了心靈的養分，如何開出美麗的心花，又如何能與人為善、廣積福田！秋日雖非草木新綠之際，秋日肅殺之象，實乃除惡務盡之兆，善於自珍，當福壽綿長。

台灣寶島四季如春，秋高氣爽的季節最適宜出遊。近年民宿興起，養生概念盛行，人們對於食衣住行娛樂尤為重視。不論樂活、樂齡的長青族、把握青春的草莓族或忙裡偷閒的上班族，對於休閒的安排，竟也都有志一同，間接對觀光旅遊的發展做出了貢獻。在吃喝遊樂頻率漸高的同時，對於心靈的淨化與提升，亦是銀髮族極為重視的部分。未來的世界，趨向高齡化的社會，人雖會變老變醜，但心不能變惡變壞。萬物唯心造，萬法由心生。唯有從心打造，方能使個人生活更美好，社會更祥和，世界更和樂！

那一次我自己做決定

同樣是一個春暖花開的日子，一個週末的午後，一群小朋友對著一個破紙箱嘟囔著；本想休息片刻卻不得安枕，下樓一瞧，竟是一個小生命如螻蟻般被玩弄於股掌之間，一頓隨機而起的生命教育，就在山邊草木扶疏的野地裡，緩緩的開起，一段不忍之情，換來的竟是三十年前一段刻骨銘心的情誼。

離開常是因為不得已，我決定選擇陪你走到生命的終點站，一起走過三年癱瘓的歲月，生命沒有那麼多的不忍，但我選擇了複雜而辛苦的不忍路，奔波於形體痛楚的反覆打理間，是那份融合親情、友情的依存，純真誠摯的情誼，持續支撐著困乏的軀身。當醫師強力建議安樂死時，望著你無辜的眼神，捫心自問，我並非上帝，有何權利決定生死之事？

還記得你一歲時，為了跟我回家，一路猛追我的車子，由大觀路到華江橋，這是狗族可能做出的事嗎？在你年老時，腳已不太能行走，卻仍能認得我的車，在校園數百輛車中，你竟能準確地依戀在我的車輪旁等我下課，哪怕只和你說一聲拜拜就離開，你也能心滿意足，眼巴巴地望著我走，這樣的忠心耿耿怎不叫人心動垂淚！

因為你，造就了我的細心；因為你的離去，解脫了我多年的身心桎梏；因為你，困頓的枷鎖得以釋放。當再次面臨生命收放的考驗，是你讓我在何去何從之間，重獲護持。一段無言的生命，充滿著珍惜的光采；友誼間無聲的交流，為不朽而創下各種紀錄。生、老、病、死、苦、愛別離，不斷在生命旅程中進行考驗，由心靈反照，形體上得到解脫，心理上亦漸釋懷，一起走過的歲月中，我們建構了一個可貴的合作團隊。

人生最有價值的就是愛，把犧牲當享受，能付出愛心的人，永遠都很快樂。人性中最高潔、最真、最善、最美的愛，乃是培養清淨無染的愛，情感上去除得失心，就不會有煩惱，談情當談長情，覺悟的情；說愛當說大愛，解脫的愛，了悟愛的真諦，方可至人格昇華的境界。

七年前將你安置在三芝的世外桃源居所，與青山綠水比鄰而居，每年春秋兩祭法會，穿梭於櫻花樹叢間焚香祝禱，亦能感受到一種平安喜樂的氛圍，時至清明，慎終追遠之際，雖無法得知靈界之事，然而心誠則靈，心之感通當無所區分，祝福你我兒傳祥。

良藥苦口利於病，忠言逆耳利於行

人與人之間分合聚散無常，情濃時如企鵝取暖般緊密相依，難分難捨；情淡時則如春天氣候變化無常。悅耳美言人人愛聽，糖衣毒餌卻食而不覺。論學取友，重在辨別損友益友，心如明鏡。人們在被指責時，常會如刺蝟般針鋒相對，反唇相譏，以各種藉口推諉卸責，為求自保。鳥在逆風中反能高遠翱翔，梅花在酷寒中炫然奔放，無異生命在逆轉中綻放的奪目光彩；刺耳的批評如逆風寒冰般使人更加茁壯、堅強；平靜的海面經過波濤洶湧般的激浪，才能有美麗的浪花；小草沿著石縫努力掙脫出來，發出生命的光輝，以求成長茁壯。良藥雖苦口，忠言雖逆耳，卻能使人驅除病根、端正思想、改善缺失、行為謹慎、正向積極。病從口入，禍從口出，舌頭要綁安全帶，以免禍從天降。

花開花落是花草樹木經歷的自然過程，挫折、失敗亦是人類成長的必經之路，植物不言之身教，如梅花凌霜而開，潛能盡釋，實在是人類學習的絕佳對象。只有在經歷過華而不實的物質奢侈歲月後，方能真實體會到享受所謂的天堂，不過只是有如貼著豪華壁紙的海砂屋，奢華夢碎，虛無世界頓時崩解。沒經過失敗的人生是一種遺憾，孤獨使得人頭腦清醒。甜是一種寵愛，一種幸福；酸是一種淡淡的失落；鹹是一種勞苦也是血與汗的味道；辣是一種熱情，也是瘋狂和叛逆的表徵；苦是一種莊嚴，亦是人生最後穩定的力量，使人得到無比的堅毅。單一味道的生活是貧乏的，人生必須是酸甜苦辣鹹，五味雜陳的人生才是充滿體悟的人生。

佛家以無常詮釋人生，在逆境中學習成長，轉念是一種絕佳妙方，退一步海闊天空。面對挑戰時的樂觀，如和煦陽光融化脆弱冰封的內心世界，如潺潺清溪滋潤乾涸的心田，能容許我們細細品味易逝的青春歲月，便是孕育成長的無限資糧。人生有如帶著沉重行李的旅程，苦於負荷過重而沿途不斷的棄置，那沉重的行李意味著我們不斷地遭遇困境，也一再地通過考驗。困境使人激發絕處逢生的意念，更能彰顯人格之聖潔。

鏡正衣冠，言正缺失。年輕時追求財富名利，擁有了物質、愛情種種有形、無形，視之為甜蜜的包袱；中年時對生命的起伏有了體悟，漸漸淡化並放下緊握不放的愛戀；老年時泰然處之，名利財富視之如浮雲，只等待揮揮衣袖不帶走一片雲彩的那一刻瀟灑！看似灰濛的消極理念，實則對生命的消長有了更穩健的認知。生命中的酸甜苦辣不過只是個過程，舌尖與口中無色無味之清水，才是長久相存的夥伴，平淡即是常存之道，奢華美食佳餚的刺激，只不過是浮光掠影罷了！

玉不琢不成器，人不學不知道。要成為一個擁有完善美德的人，如同礦石打磨般，經過敲打研磨、拋光甚至忍受高低溫度的變化，最後才能成為多彩絢麗的美麗瓷窯，享受苦盡甘來藝術光輝之美。不妄自菲薄，亦不妄自尊大，在苦境中歷練出甜美果實，悠悠歲月常在載浮載沉的生命之船中度過，當人生閱歷漸豐時，則體悟如何在逆耳的忠言中學習成長，如何能在服用一帖苦藥後，將疾風勁雨化為一抹晴空。學習大自然渾然天成的藝術精品，如山中美景，恬淡如詩，足以淨化人間晦暗的心靈，使人神清氣爽，昂首闊步。能通過生命中的磨難，站在那苦楚堆成的山丘上，方能遠眺冉冉東昇的旭日，吳寶春的執著與奮鬥，創造出麵包世界難得的成功，林書豪的謙卑誠摯，使得成名前的努力，成為全球性的林來瘋。有心的人翻越了貧困的山、艱苦的丘，因一股傻勁而見河過河，見山躍山，成功就屬於那走過荊棘越過叢林的人。以痛苦為糖衣，乃上天賜予的祝福與試煉，與其做膽小苟安於世之人，寧願成為傾聽忠言、喝下苦藥的勇者。生命本由粗茶淡飯組成，若非以困難為佐料，終究成就不了一頓色香味俱全的生命饗宴！

人生是一次單程的旅途，因此只要對身心有益的，不管多麼苦的菜，都應該勇敢的吃下去，再怎麼逆耳的忠言，還是要時時放在心裡提醒自己，追逐夢想，因為生命無法回頭只能向前。人往往醉心追逐得不到的永恆，往往征服山嶺後卻心如止水，帶著美麗的行囊，站在時空的巨人肩上，追尋未知的景緻。身心的磨難能使人全然改變，若生存於視痛為常態的日子裡，一如巨石在排山倒海的無情浪濤沖刷下，亦不得不將固執、傲氣轉化為成熟稻穗的謙卑。世界有如一座涼亭，人們不過來此歇歇腳而已；我們與父母親人間的關係，有如坐在同一班車，長輩到站都下車了，我們則孤獨的留在車上。天下無不散的宴席，錯誤的思想要修正，年輕時用命換錢，年老時用錢換命，人生是一場經歷生老病死苦的大戲，不論獲得觀眾的滿堂采，抑或因怯場而被喝倒彩，甚而因得不到腳色而置身場外，做一個跑龍套的小卒，都無損於生而為人的腳色，忠於自我的演出，便是最佳的生命鬥士。

退後與向前

宋慧開和尚偈語：「春有百花秋有月，夏有涼風冬有雪；若無閒事掛心頭，便是人間好時節。」心境開闊無礙，眼中看到的便都是善的、美的事物，大自然的無私無我運行，實饒富著生命哲理，只要用心便能從中獲得啟發，得到開示。宋朱熹〈觀書有感〉詩：「半畝方塘一鑑開，天光雲影共徘徊；問渠那得清如許，為有源頭活水來。」人們平日講究清潔衛生，從個人乃至內務衣物，無不除穢物盡；然而保持赤子之心，無塵染的心境，更需要不斷自我修為，除惡務盡。

人們總是要等到痛了、悔了才願放手，對人事物有著高度的期許，若能雲淡風輕少一些執著，困難也可以是契機。人生像一艘航向未知的小船，駛入海之前，蘊藏著滿載而歸的機會，而航行過程中的風雨逆境，卻考驗等待著我們一一突破！對生命擁有熱情，是人生的一大幸福，而生命總愛和人開玩笑，常會重擊我們甚而夢碎。當我們緊握雙手時，裡頭什麼都沒有，放開時也才擁有一切。忘懷得失，懂得放下，才能使心靈得到解脫；若癡迷不悟，不只自己身心疲憊，更會使愛自己的父母手足難過，最後墮入悔恨的深淵，萬劫而不復。生命的成長由包尿布、含奶嘴開始，不斷循環自制力的收放，直到入棺時，放下一切，榮登極樂。

接受失敗，坦然面對生命的不完美，樂觀以待，從中學習經驗，轉念操控著我們是否能擁有快樂的人生。心念轉則境界隨之而轉，任何時候莫忘初衷、無欲則剛的道理。當我們願意放下一些糖時，小手便可伸出糖果罐來脫困；莫追逐驚恐的幼鳥，要懂得欣賞野放的鳥鳴；淡定得失則無往不利。擁有金錢的多寡，不必然與成功劃上等號；面對壓力時，能如放下水桶般輕易，則心無掛礙。李白春夜宴桃李園序：「天地者萬物之逆旅，光陰者百代之過客。」在現實中，我們的身體也許退化，心裡卻不能放棄向前。

期待收穫之前，一定要努力耕種，隨時處於充滿目標的狀態，做個準備展現實力，追求碩果的人，才有資格在失敗或不如意時，輕聲地談放下，得先奮力進場，才能瀟灑退場。放下是為了儲備下一次展翅高飛的能量，為了綻放下一次光彩奪目的煙火！冬天過去就是春天了，轉念即可放下。冷漠和譏諷像是荷葉上滾動的露珠，靜靜的等待，終究會看見清晨的陽光，享受風的竄流，雲的變幻，美麗的世界依然能觸動靈魂，只要活著，生命就還在手心，機會和希望就還會呈現！

宋程顥〈秋月〉詩：「清溪流過碧山頭，空水澄鮮一色秋；隔斷紅塵三十里，白雲紅葉兩悠悠。」我們雖是生在滾滾紅塵的凡夫俗子，卻有幸能欣賞造物者的鬼斧神工，體驗自然的奧妙和美好，縱然人生起起伏伏，卻也正因為如此，使我們享有富於藝術層面的人生，更深入體驗生命中的酸甜苦辣。唐布袋和尚偈語：「手把青秧插滿田，低頭便見水中天；六根清淨方為道，退後原來是向前。」人生如戲，我們扮演著人生旅程中過客的角色，既只是個劇中人，就該寵辱皆忘，不論貴為帝王或賤如走卒，皆能視為幻化煙雲，懂得退後的哲理，向前演一齣稱職的人生大戲吧！

怪怪啊那還行

半個多世紀以來，在父愛溫情滿溢的歲月中，時間長短的感受本能，似乎已在人間順勢蒸發；曾幾何時，驚覺歲月無聲息在指間消失的當下，已是無限急促短暫的虛無狂佔胸臆。憶及亡父，每到週末就令我無限的哀傷，因為上課而經常讓父親久候等待接送復健，心底深處湧現難以抑止的酸楚愧憾。父親關節的疼痛，在十五年不間斷的復健治療之下，免除了開刀的風險和坐輪椅的窘境。如今自己雙腳些許的關節不適症狀，與日俱增，尾椎引起的退化，使身體越發無法久站，未老先衰的自然考驗，磨練著天兵天將護持的能耐。

多年來，每週一次中醫醫院的看診，是和父親相聚以及一同在國軍英雄館午餐的最佳機會。父親仙逝之後，一切都變了，再也沒有那熟悉的湖北鄉音穿梭氣息間；日常生活中，再也沒有宏亮的呼叫聲「怪怪啊！」、「那還行！」的口頭禪繚繞耳際。一去不返的暖流，總讓我在長夜漫漫百轉千迴的尋覓，夢境時分聲嘶力竭的呼喊，每當工作繁重留校晚歸時，再沒有殷殷期盼為我登門關懷的身影，從今往後再難尋得守候女兒的那一份溫暖父愛。

坐在父親以前坐過的那張老藤椅上，我的心情再也難以平靜；成長，你的名字，難道是永恆的孤寂！「爸爸，如果我能擁有再一次和你一起看病的機會，我將不計任何代價來換取。」可是，這樣的機會將永不再來，與撒嬌絕緣的形單影隻，永遠的失去了精神依靠的翅膀。成長，原來是一種忍受孤獨的歷程；成長，原來是學習怎樣面對最終的自我；成長，原來是必須斷去一對能夠依靠的翅膀。似乎只有在工作時，使我暫時忘卻失去至親的苦痛，再次身處熟悉的診療間時，早已失去了可以和九十歲以上長輩同時看診，免去久候的特權優惠；當看診完畢等待取藥時，已是人潮散去時分，剩下一、二個病患，看著醫師離開診間。小小醫療場所也像極了人生，在開始、結束，上班、下班，看診、下診中不斷反覆運作，生命亦在此運行中週而復始。

人去樓空的真實體驗，也就在搬離父親床鋪的當下，令人觸景傷情，強忍心緒整理父親遺物手稿，深怕移動了位置，會破壞對父親一絲一毫的記憶。柔軟的白色棉絮在空氣中緩緩飄移，似乎也流露出那份不捨離去的依戀，梵音響起，喚起歲月流轉的記憶，數不清的片段在回憶中無限延伸、跳躍，在這樣的屋瓦底下，開展生命中一個世紀的實況演出；偌大的空間，無情地將這段父女情緣畫下了休止符，留存下來的思緒翻轉成多思的懷想，只為奮力萃取一段歷史的完美曲線。

生命好似一襲沾染灰塵的華服，不除去污垢，如何彰顯美的風華？愛的愈深，離別就愈痛苦，只要能放下，就是給自己最好的赦免，使人生更加明亮美好，放下我執，提得起放得下是一生都要學習的功課。蘇軾遭貶仍豁達創作膾炙人口的作品，表現達觀，激勵後人，更成就自己千古絕唱的佳作；需要改變的不是別人，而是自己的心和態度，戀愛中的人把沉重的石頭當黃金看，許多人為愛傷神，殊不知亦可看得輕如鴻毛，拿不起時就讓它隨風飄逝吧！如果我們還在為錯過太陽而流淚，那麼我們一定也會錯過滿天的星斗。勇於擊碎情感之石，縱然會散落一地，昇華之後所得到的是自然的純粹，輕鬆自在，活出自我，珍惜每一刻，緣盡時就互道一聲珍重吧！保留歷史上最美的一刻，不正是對有緣生命最好的交代嗎？

一點素心照斗室

一道金光由兩棟大樓的外牆中間噴灑進來，晨曦瞬間喚醒了徹夜未眠的靈魂，伸出穿梭管外的串串九重葛花蕊和枝葉，在清風中享受著優雅的搖曳擺盪；綠化的陽台為蛋黃區的都市叢林，頻添了些許的慢活逸趣，向上堆疊的掛籃，顛覆了室外植物依附大地而生的迷思，上層的蜘蛛草奮力綿延後嗣，釋放急需加倍供應的純氧；長壽花在翠綠中含笑綻放，美化近乎枯竭的視覺；下層的先鋒虎尾蘭勇冠三軍堅守住第一排，淨化各種因便利而帶來的有害氣味（諸如：中庭尼古丁愛用者製造的二手煙、公車排油煙味、自助餐炒菜燒肉煙燻味、洗衣店過度使用香精的烘衣味等，皆是增加國人受菸害數字暴增的元兇）。第二排黃金葛盤根錯節糾纏不清的習性，密實的網羅形成一道綠色防護牆，減輕沙塵暴狂掃的肆虐。第三排袖珍椰子雖沒有黃椰子的高大，迷你版卻遮掩不了放氧植物的強大環保功能。三層最具製氧效果的綠仙子，如臨大敵地為人們的呼吸道嚴密把關。斗室雖再難容納盆栽，然而超迷你姬海衛矛和羅漢松，只需偶而游絲般的噴水澆灌，竟能在直徑僅三公分的標本顯微盆栽中，如魚得水地生機盎然，無言的生命導師，印證了無欲則剛的情懷。

早上在睡夢中才經歷的疑似地震，到了晚間又重複三次劇烈搖晃，生命只在呼吸之間存續，都會地區寸土寸金，所謂的空曠地區，只可能在大型公園或河道中體驗，緊急避難也真的是逃無可逃，只有依賴平日的個人修行自求多福。春寒料峭，時氣反覆，三月穀雨節氣，萬物滋長的同時，蚊蠅亦順勢數量攀升，縱然有三樓的高度，卻仍擋不住小小翅膀的登堂入室，雙手雙腳的紅豆冰，不僅難看且奇癢無比。兒時鄉居北港玩泥巴餵雞鴨長大，人親土親與昆蟲貓狗小動物為摯友，少有皮膚過敏或遭咬傷的窘境，而今身居都市，竟為一些搜索不到的微型昆蟲所傷，是自體免疫與人身適應力漸行漸遠？抑或是身上喪失原已與生俱來的痛點記憶？如影隨形的痛友，支撐著搖搖欲墜的軀殼，輾轉晨昏定省之間，一牆之隔隱約滲透著，刷牙完因清洗牙刷而發出敲打漱口杯的規律聲響，彷彿反覆提醒著每一天的開始和結束。

守護了一輩子的青山，由年輕時看著它翠綠，直到保育地變更為建地，現代愚公移山的科技，移走了堅信不可撼動的山，砍去了數十年呵護山居鄉民的大樹，不得不教人感慨，鬼斧神工的無情和機械無堅不摧的冷酷，三年的噪音和塵沙飛揚竟可以改變人一輩子的信念，將電梯華廈赫然矗立在山腰上；原來邊間的視野，被高聳的鋼筋混凝土淹沒，原以為可以看一輩子的滿眼翠綠，在所謂的文明進化之下，原來並沒有所謂的永遠。四十年前來到了金面山下，純樸的空氣、淨化的山林、晨起的清新、由樹梢灑下來的金色陽光、再不可得的蛙鳴蟲唧鳥叫，一天賴以維繫的精神活力泉源，盡數在怪手開挖的那一刻不復存在了。若為了再看一眼翠綠，必須付出數十倍的代價重新購置，實在是大都會紅男綠女的極度悲哀。春的來臨本應喚醒了大地的復甦，四十年前不曾經歷的嚴重乾旱、地球暖化、溫室效應、水質、空氣、食物、用品、噪音等的工業汙染，皆是大地的反撲現象，在在使我們確信因果循環的存在。科技文明帶來的進步和便利雖然功不可沒，然而對人類精神文明、健康和大自然的殺傷力，更是相對重大而難以挽回。唐布袋和尚偈語：「手把青秧插滿田，低頭便見水中天；六根清淨方為道，退後原來是向前。」當我們一股腦往前衝的同時，不妨停下腳步看一看再想一想，畢竟休息之後能走得更長更遠呢！

追尋生命中的一道彩虹

長坐在陪伴老父多年的陳舊高背藤椅上，陷入時空交錯的迷思之中，照覷看護的歲月一晃眼三十個春花秋月，曾幾何時椅中人已辭世四年，無盡的歡笑與淚水編織成的回憶錦緞，是抵擋老來磨時留不住記憶的特效時空膠囊。曾經為老人家使用過的物件，對我而言都是一種加持與溫暖，因為人生不可能重來一次，失去曾擁有的容易，想再擁有曾失去的是多麼的遙不可及啊！

人的一生可能在為夢想而掙扎、徬徨、盲目、執著之中循環，有天分卻不努力的人將迎接追悔的日全蝕，人生的彩虹可以是由家人所建構而成的，彩虹最終會消失在天際，但並不代表從未出現過那樣光彩絢麗美不勝收的幻化仙境。散播關心散播愛，是生命中最美的一道彩虹，追尋彩虹的路上必然挫折不斷，堅持下去的唯一信念，便是從容、豁達的面對所有可能的困境。

彩虹擁有美好的意象，實體則往往在陰雨綿綿後，呈現七彩夢幻的象徵。人生追尋的目標，不斷經歷各種的抉擇，小如生活所需的選購，大至人生夢想之路的追尋。我們能相信的存在於生命的經驗累積，經歷挫折換得的成長，冀望在最後看見屬於成功的那道彩虹。生命就像流逝的沙河，不知何時會停止流動，盡力完成生命中每一階段的任務，不再為心靈的枯竭沒有尊嚴的掙扎，找尋屬於自己的生命價值，綻放出一道道絢麗的光彩。在逆境中，追尋生命的可能性，在黑暗的困境中思索並奔向希望的一線曙光，一葉舟、一絲青煙漂泊在人生的阡陌上，也許疲憊不堪，也許沉默不語，弄丟了滑行前進的槳也許更無所謂，只管往那桃花的盡頭不住的追尋，就算身旁早已不再落櫻繽紛，只要能將綿綿細雨、將抽象短暫的彩虹，轉念化作真實的自我成就，一道彩虹可以是永恆的追憶。

植栽在遠方的夢，會因為背起行囊走向希望的大道，不住地追尋那奪目的光點，漸漸萌發綠芽、成長、茁壯，傾聽自己的心聲，追尋感動自己的彩虹，以自己的生命經驗和熱情，深信彩虹的美與撼動力，有生命的生物都會奮力追尋自己最精彩的那一刻，小草也不例外，歷經了風雨，才知道生命的韌性；最初的夢想也許色彩並不鮮明，但隨著生命經驗的累積不斷充實執行力，終將呈現彩虹的光芒熱力，綻放出最絢麗的亮點。實體彩虹之美，稀有、短暫、可遇而不可求，而生命彩虹卻是長期積累而呼之欲出的努力果實。生命長短各有因緣，在職業成功、學業完成、愛情圓滿、人格高潔等選項中，人人都想追求幸福的彩虹生涯，品德彩虹、身心靈合一昇華的心靈彩虹可為最高的人生境界，在有限的生命中看見無限的彩虹，即使只有一瞬間的神采靈光，也要無畏的綻放，追尋生命中一道溫暖人心的美麗彩虹。

重生

初冬低壓鋒面帶來的細雨，伴隨著暗夜的寧靜，絲絲甘露持續了兩週之久，車道出入口剛植栽的鵝掌藤，乘載著每雙路過眼神的殷殷期待，適時地得到上天的滋養，迎向有朝一日的發榮滋長；復育區新阡插的紅竹，齊整地一字排開，在城中區幸運地擁有全日照的寶地，得到再次重生的難得機會。一個晝伏夜出的靈魂，在潛意識的回憶中輪迴著生命的週期，觀照著庭園中的每一區花圃，付出對生命尊重的無私大愛，除枯葉務盡的綠色愛護者，是大地原生植栽的忠實護衛，扮演著維繫物種繁衍的催生角色。

每個在不經意中遇見的東方既白，收納著生靈難以計數的追尋夢想，容易的是渾噩不加思索的週而復始，耐人尋味的是半途而廢的重蹈覆轍；年輕的細胞在無聲的空氣中凝結，青春的火焰在凋殘的皮囊中蒙塵；盆栽的存續只在於植栽者的一念好惡，寵物的去留也只寄望於飼養者心念的慈善與否；更衣後的外在並不能顯現人內心的重整，整容後的完美實難裝飾道德精神的瑕疵；人們不必然會與形體的殘缺擦身而過，精神上也不必然與敗部復活失之交臂，視障、聽障隨著年歲的增長，將不再只是特定名詞，而是生命經歷的一部分。

荼毒生命的下場，生理狀態也將誠實的回應可以乘載的極限，違禁品的誘惑常與理智拉扯糾纏，不良的生活作息比毒品的危害，更是有過之而無不及。科技的日新月異，無疑帶給人類非凡的成就，更光速地超越歷史的進步；在此同時，我們很可能付出了健康，付出了生命，付出了再難獲得的親情；懂得做出正確抉擇的是智者，可惜的是，多少人犧牲了許多不自知的珍寶，留下了無法更改的悔恨，盲目追求虛名的當下，若能踏實運用智慧當是重生的最佳契機。

牆角聲裡的關懷

秋意漸濃的十月底，東北季風強勁的吹拂著，將三、四點的週日午後，妝點得暗沉而深邃，支撐著緩步在樂群二路266巷豪宅前、優雅而寧靜的林蔭大道上，凝視環繞在鳳凰木周邊的矮灌木叢，不知是何方能工巧匠，將之修剪得如剛理過頭的阿兵哥般，表現平整而充滿力與美的混合藝術；五點半剛過，步道兩旁的街燈亮起，瞬間像是增加了數十個、上百個夜間警衛，睜著眼守護著夜幕低垂下隨機散步運動的人們。

台北的天空感受不到四季分明的景象，秋末冬初截彎取直後的基隆河堤步道，粉紅和咖啡色相間，在樹梢如火球般熱情奔放的台灣欒樹，仍光彩耀眼、一枝獨秀地盛開著；陪襯在一旁個頭較矮的資深大王椰子，較勁似地也開出了一串串晶瑩剔透，似黑葡萄的顏色又像藍莓般大小的果粒，雖不能吃，美色卻也誘人垂涎欲滴。人生若要以數十寒暑計量，生活在台灣的人應該比較年輕，因為我們感受不到太多的寒意。

行道樹枝葉隨風搖曳發出的嚓嚓嚓聲響，伴隨著阿里山紀念木和父親留下的藤杖兩個好夥伴，緩步於發出的踱踱踱聲中，不自覺地竟升格成了人們眼中敬老的對象，誰知明水路上刷刷刷疾駛的飛車中，也曾有過這傴僂妹的身影；時間越晚落下的枯葉，隨風在地上發出劈劈劈的拍打聲更加明顯，斗室東北角總在倒臥時，發出摳摳摳介於刷牙缸和敲門的聲響連續三至五秒，是另一世界的召喚，還是親情關愛的感知呢？

電影《刺鳥》觀後感

《刺鳥》為1977年出版的長篇小說，背景為二十世紀前後的澳洲牧場，作者為出生澳洲的暢銷作家馬佳露女士，由於內容探討具有爭議性的神職人員情慾的問題，使得整個故事的主題沉浸在濃濃的神祕氣氛中。其後由原著改編，而以連續影集方式呈現在大眾眼前，《刺鳥》劇共分四集，除俊男美女的引導劇情，澳洲牧場的風情、家族奮鬥史，天主教對人心的影響等，皆為貫串情節的主幹。以下就整個電影情節反映的兩個現象做一探討。

一、「刺鳥」凸顯了人在控制情慾上的盲點和困境

瑪麗卡森

空有萬貫家財卻不能擁有所愛——牧場單身女主人瑪麗卡森在向布萊卡薩神父表

白晳戀祕密後隔日乃羞愧而死，留下1300萬磅財產捐給教會，前提是要教廷重視布萊卡薩神父的前途發展，一來斷卻神父與梅姬感情延燒的可能性，二則神父終生將奉獻教廷，環繞在瑪麗的財產週遭，如影隨形伴她一生。由瑪麗的處理財產方式，明顯看出她受制於情慾的牽動，聰明一世經營牧場在澳洲擁有土地最大、產量最多的牧場卓基達，幹練的女主人，精明的管理人和斤斤計較的理財手法，竟逃不過情網而羞愧憤怒而亡，拱手將辛苦累積的財富輕易轉手他人，行為異乎常態，充分顯現意氣用事的行為植根於情緒上的慾求不滿，自尊受挫，年老色衰，欲振乏力等不被愛的冷酷事實是多麼令人悲痛欲橫，於是促成她壽終正寢，為富裕的生活劃下了休止符。

布萊卡薩主教

神父在初任神職時即懷有無比的野心，想一朝榮登紅衣主教高位，在卓基達牧場時即心存承繼龐大遺產的夢，瑪麗女士未婚無子，成為神父爭取大筆遺產的首要對象，在與克利瑞一家多年的接觸，神父種下了與女孩梅姬的純純情愫，直到女孩長大，長期感情的壓抑已然變得愈強烈，然而身為神職人員不容越軌，很自然要費（梅姬之母）留意女兒婚事，直到梅姬下嫁甘蔗莽漢路克婚姻不幸福，神父勞夫才又重現，插手其中。勞夫壓抑和梅姬長久以來的感情，明明已見梅姬由小女孩而成少女，在瑪麗卡森姑媽的生日宴上卻刻意閃躲，而梅姬大方的表示愛意時，勞夫卻自認愛上帝更多一點。直到梅姬產後至小島度假，勞夫追趕而來，終於無法矜持下去而點燃猛烈的慾火狂燒不止。在小島的一段長久痴戀後的情慾奔放，神父打破了所有的教條，但體驗了人與人間心靈與肉體結合的喜悅，但表面上卻充滿矛盾不願承認人與人相愛的美好，愛到最高點時心中仍惦記要奉獻天主，終而悵然與所愛別離，追尋他個人的性靈修持和宗教理想。

梅姬

小女孩一直是忠於所愛，言行如一至死不渝，比起假道學的神父實在是清純甜美而不受塵染，她對愛的執著可譬美神父對天主的執著奉獻，只是對象不同而已，即使在後來她失去了小兒子時她會埋怨上天奪走了所愛，但之後她又回到主教身邊繼續愛著他，她愛人的能力，從未因失去一切而喪失，這是值得人學習的精神勇士和生命鬥士。

二、以刺鳥做比喻一如飛蛾撲火

以生物刺鳥喻人性猶如飛蛾撲火，明知終將邁向死亡的幽谷，卻仍難掩衝動一頭栽入其中。

凡生物皆以感官本能而賴以度日，飛蛾因昆蟲與生俱來的驅光性，在人類眼中則將之美化，引申為追求美的事務、境界而不惜捨生全力以赴的意思。塞爾特的傳說中刺鳥The thorn birds為一種鳥，一生只唱一次歌，一直尋找一種有刺的樹，在歷盡萬難之後，則往樹上最長、最尖的刺撞去使刺入心中，臨死時，將劇痛昇華為清脆悅耳的天籟，唱出比夜鶯還好聽的歌聲，刺鳥用生命換一次美妙的歌聲，使人神為之動容。這情形正印證了一句話「不經一番寒澈骨，焉得梅花撲鼻香。」最痛苦的經歷才能磨練出最美好的東西。刺鳥明知會死，仍勇於向死亡挑戰，用生命的死亡換取而來的是為世人動容的仙樂飄飄，正如飛行員明知翱翔天際是危險的，花式隊型的表演是醉人的，而劃過天邊的簾幕更是眾人所嚮往的！每天仍有不辭勞苦準備向老天爺迎戰的勇士們、戰兒們前仆後繼、馬革裡屍、高空彈跳幸免於難。人天生具有冒險性，借刺鳥喻女性的執著為愛，借悅耳鳥叫聲喻嘔心瀝血之作，必定有感人肺腑的背景故事。

勞夫對愛的困惑，想愛不敢愛，宣誓效忠天主，心中卻存在著面對愛的無比掙扎，這樣的矛盾害苦了他自己，也害苦了梅姬，更害苦了梅姬的兩個孩子。和刺鳥相比，勞夫可以說是懦弱無能的，刺鳥為了展現美妙歌聲歡愉世人寧願刺心捨命，勞夫為了心愛的女人卻不願付出自己的愛，與其在內心中交戰數十年，而毫無所獲，實不如皆大歡喜擁抱生命，但人性的盲點往往是旁觀者清、當局者迷，即使是身為紅衣樞機主教仍然為情所困，可見宗教並不能全然解決人的問題，重點在個人自身心靈的修為和開展。若勞夫能坦然面對他的感情，因勢利導小女孩的真情或者是脫下紅袍走上紅毯，或者是光明正大為人施洗、講道、告解，而非穿上紅袍即為聖人，脫下紅袍卻又是個凝望乾枝玫瑰，衝向小島度假的凡夫俗子，在自己編織的情網中糾纏不清。勞夫相比，梅姬較具有刺鳥的精神，敢愛敢恨，勇於為愛奉獻自己甚至奉獻生命在所不惜，為了愛，他放棄了丈夫，甘願守身為布萊卡薩主教，是個勇於與天爭愛，而始終有能力付出真愛的女人。

《刺鳥》一劇呈現人往往受情感而左右自己的命運，自古所謂英雄難過美人關，美女對情字一劫亦在所難逃，不論古今中外皆然，上自皇帝公卿、將相名臣，下至凡夫俗子、平民百姓，皆有情字頭上一把刀的困境，過得了情關的，人生豁然開朗如重見天日，過不了的只有墮入輪迴遭受無盡的人世悲苦。

此劇的啟示說明真正的愛和一切美好的東西，是需要用難以想像的代價去換取的。刺鳥以生命換取一次美妙悅耳動聽的歌聲，而人類又何嘗不是如此？回想八年前，寫學位論文時的不堪，因為追求所得，卻失去了健康，脊椎側彎的痛楚，久坐久站便會痛不欲生，在寫的過程中，多少個挑燈夜戰的晚上，獨自沉思運筆於字裡行間的字斟句酌，坐姿長期壓迫雙腿，使得靜脈曲張已到不可收拾的地步，而脊椎的固疾，亦成了如影隨形的痛，雖尚未步入老年，卻每天到復健診所報到，西醫復建和中醫放血、拔罐、針灸、推拿成了每日必需做的功課，在自己身上體會得最深切，真的是有所得必有所失，禍福相依、得失相倚，不在話下。凡事不可只看表象，當認清事務的本質、透視事物的原委，方可有更深的體悟。

《喜福會》中的性別認同問題

華裔暢銷作家譚恩美創作的小說喜福會，以四個女子在中國大陸成長為背景，經歷舊社會中四段不同的婚姻歷程，發展出刻骨銘心的回憶。故事以倒敘法陳述四段生命旅程，由戰亂的中國大陸，一路來到了美國新大陸，在中西新舊交替的世代中，開啟了新生活，延續了第二代的新生命。故事架構著墨於中西兩代間的教育理念、家庭觀念、社會價值、親情倫理、愛情道德和生活模式的差異。以下分別由出場序，道出此四段婚姻發展的生命軌跡，並針對社會價值和倫理親情反映出的性別認同評述之。

蘇珊的婚姻

故事一開始便呈現一場中式麻將的聚會，在大夥歡樂談笑中，鋪陳蘇已然過世的消息，而襁褓中被棄的嬰兒，經過了五十年，即將和新大陸出生成長的小妹妹相見，本是歡樂的事，但卻是因為母親的逝世而重逢，著實令人鼻酸心痛。

遭逢離亂苦難的一代，年輕的姑娘蘇在不得已的情況下，遺棄了雙胞胎女兒。輾轉移民到了美國新大陸，重組了新家庭再次擁有了新生女兒，此刻的心境，自然把對大陸雙胞胎女兒的愧疚和關愛，一起補償給了小女兒君；全力培植她學鋼琴，女兒卻不珍惜母親的呵護，以至於母親死後追悔莫及；再回顧母親遺物的同時，君拾起了代表母親許多理想和期望的一隻天鵝絨毛，君即將要踏上飛向新大陸的旅程，實現母親一生的願望，和從未謀面的姊姊相認，但捫心自問卻一點也不了解自己的母親。母親由中國大陸千里迢迢到美國，唯一帶來的家鄉信物，便是那隻羽毛，她希望未來的生活和子女，能如同羽毛般輕鬆自在，無憂無慮遨遊天際，過著幸福美滿的日子。

君自幼彈鋼琴受挫，在音樂會上出糗後，自信心受到打擊便不願再學，和母親發生嚴重抗爭，卻不了解母親對女兒有著高度的期許，君心理倍感壓力，美式教育之下，子女在成長過程中，過份強調自我成就，往往忘記關懷父母、回饋父母，才會有身為子女卻不瞭解父母心的遺憾，凸顯不論精神、物質方面都有待親子雙向交流的重要性。

林多的婚姻

劇中人物林多自幼為一聰明的小孩，母親自其四歲便將之許配黃家大戶，到十六歲時便嫁給有錢的黃大戶之子，而娘家全家搬遷得以安然度日。林多母親對女兒要求期許甚高，對女兒心理也造成相當的壓力。林多嫁後才發現丈夫是個未成年的小孩，而婆婆將之當作生產的工具，沒有懷孕便破口大罵，甚至監禁家中，直到有孕為止。

林多機智過人，假託噩夢為自己解決婚姻上的瓶頸，裝瘋賣傻為自己逃離婚姻枷鎖作最後衝刺，將佣人阿萍的孕事和小丈夫牽繫一起，偽託老祖宗托夢，撮合一對現成的夫妻，而自己得以自此畸形婚姻而脫身奔赴上海。古代的婚姻對女子而言，是一個必經而無法自我抉擇的路，要逃離何嘗容易，而林多則是代表許多舊社會女性想做而做不到的突破案例。林多母親對女兒的期待，只是長大嫁個有錢人家，不愁吃穿用即為幸福，而林多在舊社會中成長，也一如母親預期般的有了好的歸宿；但她不認命，不願在不平等的對待中葬送自己的青春，因而巧智賺得新生命，在性別認同上塑造了新時代女性的典範。

林多在新大陸生的女兒薇莉，自幼有下棋的天分，輕而易舉成了冠軍小棋士，母親林多滿心歡喜，引以自豪並驕視於人；兩代間在價值判斷上有了鴻溝，薇莉不喜成為母親炫耀的工具，幾度卑視母親，使得母親林多心寒。林多和女兒都是屬於剛強女性的代表，然而內心仍充滿著脆弱的一面，薇莉的棋藝天成，但因不喜母親炫耀的方式而自毀天賦，由於不能容忍如此不尊重的作法，不能體會父母辛勤教養的成果和歡呼收割的喜悅！有母親的呵護是一種珍寶，薇莉一旦鄙視之，捐棄不看重；這種天賦便會像流水一般，傾瀉而出不復返；如薇莉般再也不能擁有奇異天賦而江河日下，永不能再上場拚殺為母爭光了！

林多以自己母親而自豪，而自己卻被女兒卑視，不禁潸然淚下，真情流露使得薇莉深受感動，終於了解母親其實是影響女兒最大的推手，即使兒女不承認都不行。林多在對女婿的要求上亦有些許的種族歧視，認為女兒優秀要求嫁中國人，女兒薇莉如其所願嫁了中國人，也生了女兒，但母林多卻仍不滿意，薇莉離婚後又找了洋女婿，由於種族國情的不同，瑞棋和薇莉在席間用餐，父母不悅女婿的表現，中式謙虛而西式則太過直接，雖在生活上有文化差異，但最後仍基於對女兒的愛，化解了種族歧視及性別認同的差異而接受了洋女婿。

在母女間情感的依戀上，林多以自己母親為模範，凡事皆以母為榮；薇莉和林多母女卻老是針鋒相對。母親在嫁女時的不捨，而女兒則對母親亦是極為重視，甚至其一顰一笑皆無所不在地影響女兒的喜怒哀樂！雖母女時常鬥嘴，但最後仍彼此認同，母女和樂如初！

鶯鶯的婚姻

全劇在四個好友相聚時，回溯在大陸各自的一段婚姻及每個人成長的背景經歷中，一幕幕現實和過往交織成的畫面，在新大陸重組家庭，對子女的教養問題亦頗有感傷。鶯鶯的婚姻亦是一段痛苦的回憶，在十六歲的花樣年華，認識了上海花花大少，瞬間墜入情網，為聲色、激情誘入少女的美夢，嫁入了豪門深似海的環境，婚後大少劈腿，生活糜爛，對婚姻不忠，公子哥兒一用即棄的性格，使得鶯鶯在生了兒子之後，陷入極大的婚姻危機。負心漢公然向戲子調情，又帶妓女回家，無視襁褓中的幼子和新婚不久的嬌妻，狠心的扼殺了本是完美的家庭。鶯鶯為自己的權益和憤怒極力爭取，但面對凶狠無情的丈夫，卻又難以抗衡，含淚苦情下了報復的心，奪去丈夫的兒子，生命的延續，奪走了她唯一可奪走的東西。

鶯鶯對婚姻心灰意冷，無意間失神將自己的小嬰兒溺死，只為報復那奪去自己青春、純潔和女人心的惡棍，糾葛的情緒，使她得了憂鬱症，移民美國另組家庭，又生一女李娜性情極為柔順，但中國的一切，仍如影隨形的跟著她，生了女兒李娜，對於母親過往的遭遇亦甚表同情，然而李娜沒有魂，她雖不知母親遭受的苦，但似乎骨子裡仍可感受母親受虐的委屈，而亦承繼著委屈求全的性格。

鶯鶯的遭遇像輪迴般，複製在女兒李娜的身上，李娜嫁了個ABC，深受不平等待遇，本以為結婚便有人照料，有了依靠，沒想到卻是生活得像次殖民般的沒有尊嚴！女婿哈洛小氣異常，凡家用一應皆夫妻經濟均分。李娜和哈洛結婚後，母親鶯鶯來訪，才發現女兒的委屈，鶯鶯參觀女兒居家生活，看見了會分崩離析的房子，處處是訊號，發現兩人世界竟然是充滿了虛偽、冷漠和無情，見女兒為婚姻犧牲自我而含悲忍淚，鶯鶯感同身受，不願女兒像自己一樣被丈夫玩弄，失去自我而委曲求全，為了女兒免於二次凌虐，鶯鶯奮勇地發出了不平之鳴，準備釋放女兒的靈魂，要女兒奮力為幸福而爭取自主權，至少要得到尊重，而不要生活在新大陸，卻過著舊社會中小媳婦的日子，不敢說出憤怒已久的心中話，失去丈夫並沒什麼了不起，自己得到珍惜才重要，李娜接受了母親的苦勸，最後終於獲得了另一個真心愛她的男人，將苛刻的哈洛抛到九霄雲外，重獲真正的婚姻自由！

安美的婚姻

安美的媽媽年輕守寡，之後被大富吳清強姦受孕，而離開了娘家，帶著安美一起到了大戶人家做四姨太，受盡屈辱，最後吞鴉片自殺，安美帶著弟弟逼繼父將牌位扶正成大太太，安美自幼便認為她是大太太所生，腰桿自然挺起，堅強分出真假，從此過著新生活。

安美女兒蘿絲在美國社會生長受教育，嫁給大學同學，一個出版社小開，雖其父母反對，六個月後，二人仍毅然決然結下異國婚姻。蘿絲處處以丈夫為主，自己退居於犧牲的角色，沒想到仍被劈腿。蘿絲在家庭中扮演著賢內助的角色，幕後操持著所有繁重的家務事，讓丈夫雷無後顧之憂，且回絕了愛達荷大學的獎學金，放棄了讀研究所的機會，因丈夫要主持四、五種雜誌的運作，為了讓丈夫全心在事業上，蘿絲無怨無悔，滿以為將獲得美滿幸福的婚姻，誰知丈夫竟將蘿絲的愛，視為當然而全然不領情。

身為母親的安美百感交集，勸女兒懂得自尊自重，才是幸福婚姻的泉源，守住了自己的人格，也才守得住婚姻。最後蘿絲終於走出了糾葛的內心世界，認同身為女人對於家庭的關鍵性角色，敞開心門和丈夫對等告白，也挽回了一段瀕臨破碎的婚姻，結束了長達六十年的三代命運輪迴。

在故事的結尾，林多以蘇的身分，代為回信給大陸的雙胞胎女兒，君在惶恐不安之下，踏上歸鄉的尋根之旅。當輪船靠岸時，一雙渴望的眼神，像極了母親的重生，闊別了三十年的姊妹，因母親過世而得以重逢，感動之情賺人熱淚。尤其當父親將母親珠寶盒中的天鵝羽毛交到君手上時，告知母親將對大陸上遺棄的雙胞胎姊姊的希望，加倍寄託在對她的厚望上。君帶著母親的希望回到中國大陸見姊姊們，當輪船靠岸時，一對對酷似母親的眼神專注地射向君，妹妹曾梅強忍淚水告知母親過世的消息，在闊別四十年後代表母親，親人再度團聚，姊妹喜極而泣，母女雙方都將了無遺憾了！

四個在中國大陸同樣時代背景下成長的女性，由於時空的變遷，將她們帶到了同一個新天地，然而歷史的包袱並未放過她們，命運在第二代身上反覆肆虐，此時堅毅憤發的精神，在當時身為弱勢的女性身上，迸裂出了兩代間燦爛的火花。作者家庭出身當代亂離情境，創作自是感人至深，尤以今日承平時代，年輕的一代身處優渥的精神與物質環境，在鑑古論今之時，當更思奮勉而力求創新突破了！

992教卓演講後記

本校通識中心獲得教育部百年教學卓越計畫補助經費，旨在提昇教學品質與服務績效。國文組推動此項教學卓越計畫，其中很重要的一項文化推廣與傳承的工作，分別在教學上，貫徹文化經典閱讀與中文寫作確實執行；在應用上，便是邀請專家學者，就經典閱讀與寫作雙方面，做經驗傳承與實務交流。本學期國文組舉辦了五次系列演講，針對學生在現代與傳統藝術上，知識的建立和廣度的普及，我們邀請了國學大師、戲曲界的泰斗，台大榮譽教授曾永義先生，為學生們開釋三十年來的台灣民間藝術的演化。由先輩們在藝術的領域中篳路藍縷、以啟山林，由多元的文化藝術，開展出台灣各種領域富於藝術氣息的藝術活動，我們看到了前輩的努力，更激勵了後輩的奮勉之心。

戲曲大師曾永義先生，在戲劇界的成就，是各方面有目共睹的，而在既有的輝煌成就中，他仍孜孜不倦從事傳統文學創作，其精神尤令人感佩。曾教授從事崑曲劇本創作，不遺餘力，在梁祝故事中，雖腳本取材自膾炙人口、家喻戶曉的梁山伯與祝英台的浪漫愛情故事，而其中的賓白和曲詞，更是將崑曲精緻藝術的強烈色彩，發揮到了極致；將文學中的經典人物活化，增添了戲劇中的文學素質，賦予欣賞者強大的文學投注力，擴大戲劇能量的張力。來自同一源頭的通俗愛情故事，在大師的筆下，卻創造出不凡的文學品質，將曲高和寡的崑曲藝術，以眾所皆知的故事素材，重新詮釋，實在是努力將小眾藝術推向國際化的最佳例證。

在傳統文化饗宴的滋養中，師生們皆領受了文化澆灌下的盛開花朵，也接受了多元傳統的文化洗禮，對於傳統戲劇和民間藝術有了進一步的認識，更充滿了許多的自我期許和文化使命感，有了傳統的基石，更需要現代化的創新，融合新舊文化的世代傳承和遞嬗，對藝術大學的學子，當有更深一層的啟發。

我們在現代文學和創作方面，安排了文章的寫作、旅遊文學和現代詩的寫作系列演講。由講者們的理論與實務經驗分享，對學生與老師們而言，更是一次次深層的心靈觸動，播下了許多開花結果的文化種子，期盼在未來的日子裡，能有美麗文化園的蓬勃發展！

第三場劉昭仁教授的文章作法講演，由古典文章的範例寫作舉實例，由記敘文、抒情文、議論文等不同文體，各舉出許多修辭法和篇章說明，將文章寫作的三要素文思、文氣、文辭層層剝敘，深入淺出。由理論而舉例，再配合創作經驗輔助，劉教授個人的七十自述，真誠實在，不見浮華不實的閒辭冗語，確實印證理論與實務相輔相成的效益。在描寫的方法上，有人的描寫如素描法、比喻法、襯托法、用言語來表現個性、以人擬物法等；物的描寫如客觀描寫、主觀描寫、擬人法、比喻法、誇張法等；景的描寫如概括式描寫、特舉式描寫等。抒情的寫作方法如借景抒情法、觸景生情法、詠物寓情法、詠物言志法、直抒胸臆法等；敘述的寫作方法如順敘法、倒敘法、插敘法、補敘法、散敘法、分敘法、環敘法、交敘法等；議論的寫作方法如歸納法、演繹法、例證法、分析法、類比法、引證法、比較法、引申法、遞進法、直駁法、反證法、歸謬法、矛盾法等。

增進寫作能力的方法必須藉由多閱讀，培養想像力，研究成語，研究修辭學，再配合勤奮不息的寫作，必定會有開花結果、歡呼收割的一天。劉教授的論述中將學生歷年學習過的經典文化篇章，做有系統的延伸舉例，在知識寶庫中做一次總整理，許多優美典雅的辭彙，便在其中如雨後春筍般，源源不絕為我們所用，能善加運用諸多技巧及適當的構思，寫作者將可左右逢源、無往不利，在寫作的園地裡運用自如、開花結果，文章非天成，要想提高寫作能力，寫出好文章，要靠自己勤學勤練。知識的再造、再生、再利用，將醞釀出文章取之不盡、用之不竭的辭彙泉源，文章的寫作將不再是莘莘學子的夢魘，而是生命中成就不朽的璀璨回憶。

第四場陳碧月教授碧海藍天：旅遊書寫的魅力演講，闡述成功的旅遊文學，在於提供讀者想像的畫面，陳教授以自身旅遊42國的經驗現身說法，將自己的旅遊見聞，鋪陳於旅遊寫作之中，由生動的口述經驗，融合在生花妙筆之中，亦是理論與實務的完美組合。所謂行萬里路讀萬卷書，創作出完美的組合，應有的前置作業自是不言可喻，師生接受了文化時空的洗禮，在短短的兩小時中，周遊列國，更激起了許多創作的種子，開發遊走的心靈悸動。陳教授讓畫面說話，以圖像記憶，切實達到加深讀者印象的顯著效果。

旅遊文學寫作基本要點人、事、時、地、物；分別以文章舉例如〈翡冷翠夜未眠〉累積閱讀想像的能量，如同余秋雨所說，在旅行中尋找關愛點，讓生命不再有空洞。旅遊中趣味性的情節亦足以讓人印象深刻，如馬來語的「謝謝」，音似台語的「讓你罵到死」。台語發音「三八三八」↓「不客氣」、「上廁所」↓台語發音「等到死」。雄偉的建築，令人讚嘆。如十五世紀以後的艾菲索斯幾乎是在歷史上銷聲匿跡了，一直到十九世紀後半，這個古都市的遺跡才被發掘出來，有著藏書最完整的圖書館（Celsus），稀奇的是圖書館的底下有一個通道，這個通道是有其特殊作用的。傳說故事讓景點更具附加價值，如印度——泰姬瑪哈陵、土耳其巴穆卡麗棉花堡、蘇州周庄——沈萬三VS朱元璋、義大利威尼斯——嘆息橋等；特殊事件的感悟，都足以構成文章的啟示與反思。

北京大學嚴家炎教授將旅遊散文分為「無我」和「有我」兩種類型；朱自清的《歐遊雜記》，基本上就是「以記述景物為主，極少說到自己」，屬於「無我」的類型；徐志摩的旅遊散文，則幾乎每篇都有一個強烈的「我」存在，他把自己融入到作品中了，屬於「有我」的類型。

從不同的眼光出發，將開啟生命中的另一扇天窗，亦將對生命有更全面的關照。如果問各國小朋友針對其他國家糧食短缺的問題，談談自己的看法？非洲小朋友回答，什麼是「糧食」？英國小朋友回答什麼叫「短缺」？智利小朋友回答什麼是「請」？美國小朋友回答什麼是其他「國家」？日本小朋友回答什麼是「自己的看法」？經由回答的內容，可反映出各國小朋友的現實心態。最後送給同學的座右銘為馬斯洛：「心若改變，態度便跟著改變；態度改變，習慣便跟著改變；習慣改變，性格便跟著改變；性格改變，人生便跟著改變。」一席勉勵的話語，將使許多創作的心靈種子，不斷的發榮滋長，乃至於遍地開花。

第五場莫那能先生現代詩寫作講演，漢名曾舜旺的莫那能先生，為排灣族詩人，朋友們都習慣稱呼他阿能，一九五六年生，台東縣達仁鄉排灣族人，曾經出版詩集

《美麗的稻穗》。莫那能先生為排灣族之光，原住民人權促進協會的發起人，24歲時醫生告知弱視，將對光源漸漸萎縮，預知未來即將失明，隨即積極參與重建院的按摩工作，在二十七歲時便完全失明，莫那能先生深刻經歷，由光明而步入黑暗的全盲歷程，心理上已預先做好了準備，生活上也為自己做好了生涯規劃。出生在台東縣阿魯威部落的馬列亞弗斯・莫那能，年輕時本來考上空軍機械學校，對莫那能言，眼盲讓他有更多思考的空間，從紛擾的外界中超脫，他用更多的時間去思考自己的生命、族人的遭遇，乃至於發生在台灣所有弱勢族群身上的事。在這個時候，莫那能開始參加了社會改造運動，與胡德夫等人成立了「台灣原住民權利促進會」，致力於土地、勞工、雛妓，到文化保存問題，而在推行原權會的過程中，受到許多漢人朋友的鼓勵和啟發，莫那能開始以口述吟誦的方式，進行詩歌的創作，透過詩作，他找到了宣洩自己感情、想法的出口。

莫那能先生為一寫實派詩人，莫那能的詩表現出台灣原住民族強韌的生命力，描述出二〇世紀七〇和八〇年代，原住民族的集體記憶和遭遇，這使他的作品成為台灣原住民族悲慘而壯闊的史詩。海山礦災，為礦工的死難而寫；為雛妓的受難而寫了當鐘聲響起；莫那能先生以高亢宏亮的嗓音，清脆的朗誦聲如雷貫耳；將那源自於高山大澤森林的原始靈氣，經由人類的發聲傳遞而出，那如天籟般的嗓音，如泣如訴，情感真摯而深邃，感動了在場聆聽的每一位師生。

莫那能的創作主題，大多來自於原住民所遭遇的各種議題，包括現行教育體制對原住民文化、語言傳承與發展的影響，他不捨為生活出賣自己勞力的同胞，所遭遇到的各種不平待遇，他同時鼓勵自己的族人勇敢地站起來，捍衛自己的尊嚴與文化。例如在〈我真的不知道〉一詩寫道，「預備好虔誠的心，等待豐年祭的來臨，縱然這個年不好過，好歹採些祖先愛吃的野菜，迎接他們的靈魂歸來。可是，豐年祭過後的第三天，法院卻來了通告，說是侵佔了林務局的財產，我真的不知道什麼時候開始，世代食用的野菜，已是法律保護下的公共造產……」就呈現出近來原住民權利受到侵害的現象。

失明後的莫那能成為專業的按摩師，與妻子共同開設了一間按摩院，阿能嫂眼雖盲，心思卻極端細膩，手又巧，能做出非常精緻而繁複的無尾熊手機吊飾和裝飾品，提到生活的現況，莫那能並沒有表現出太多的沮喪和悲觀，反而樂觀的表示「只要日常花費省一點就可以過活了。」對莫那能來說，看不見這個世界並不是一種遺憾，更不是一股絕望，在一片漆黑的世界中，他用對弱勢族群的關懷，以及為原住民追尋救贖和解放的情感，替自己建構了一座色彩斑斕的新詩天堂。

〈當鐘聲響起時〉是因親妹妹被拐帶沈淪，加上見山地少女淪入色情行業被控制，而在萬般悲憤之下所引發的創作。「當老鴇打開營業燈么喝的時候，我彷彿就聽見教堂的鐘聲，又在禮拜天的早上響起，純潔的陽光從北拉拉到南大武，撒滿了整個阿魯威部落，當客人發出滿足的呻吟後，我彷彿就聽見學校的鐘聲，又在全班一聲「謝謝老師」後響起，操場上的鞦韆和蹺蹺板，馬上被我們的笑聲佔滿，當教堂的鐘聲響起時，媽媽，妳知道嗎？荷爾蒙的針頭提早結束了女兒的童年，當學校的鐘聲響起時，爸爸，你知道嗎？保鏢的拳頭已經關閉女兒的笑聲。再敲一次鐘吧，牧師，用您的禱告贖回失去童貞的靈魂，再敲一次鐘吧，老師，將笑聲釋放到自由的操場。當鐘聲再度響起時，爸爸、媽媽、你們知道嗎？我好想好想，請你們把我再重生一次」。因為有真實而深刻的生活經驗做基礎，使得阿能的作品真誠而感人。

事隔多年，阿能在吟誦這首詩時，依然心情激動，而山地原住民少女沈淪的事件，卻無奈地繼續發生著……「在絕望中找到希望，在悲憤中獲得喜悅」，阿能曾這樣期許詩作帶來的力量。他握著手杖敲著地面，慢慢尋找前方的路，樂觀地走下去。雖然世界失去顏色，但是在他心底還有可以喜悅、可以吟唱的天堂。

阿能為原住民而寫，為原住民人權而發聲，自己以僅有的國字記憶從事創作，但他努力不懈、孜孜不倦的創作，把人類最高貴的情操，全然奔流而出，誓願將自己如落葉般、泛黃而腐朽的殘餘生命，遍灑在如母親一般的泥土中，成為肥料，化為養分，眼盲而心不盲，這樣可貴的情操，擁抱生命，化腐朽為神奇，做最有意義的奉獻，與有緣人廣結善緣。

莫那能先生身處在黑暗的世界中，卻擁有著最光明的心胸，勉勵著年輕學子；當現今年輕人仍沉醉在父母的懷抱中，當著啃老族，或不思獨立，不知珍惜擁有時，看著莫那能的自力更生，似乎正如詩人的名字一般，只要努力，沒有什麼不能做到的。

阿能的生命力對明眼人和莘莘學子們，產生了極大的鼓舞和啟示作用。在場聆聽的同學們，對現代詩的寫作和創作背景及靈感的連結，都有非常大的感悟；甚至有同學舉手表示願意做台灣原住民權利促進會的義工，為伸張原住民權利而盡一己心力，這些行為表現無疑皆是源自心靈深處的悸動啊！

柔性字眼在詩詞中的運用

日為陽，月為陰，自古運用月色的陰柔之美來描寫女性，如《詩經・陳風》：「月出皎兮，佼人僚兮。舒窈糾兮，勞心悄兮。月出皓兮，佼人懰兮。舒懮受兮，勞心慅兮。月出照兮，佼人燎兮。舒夭紹兮，勞心慘兮。」以月色比喻女性的溫柔嬌媚，引人無限思念。唐詩杜牧〈秋夕〉：「銀燭秋光冷畫屏，輕羅小扇撲流螢，天階夜色涼如水，臥看牽牛織女星。」以夜色烘托宮女暗自飲泣的苦悶，獨自垂淚的心寒；以觀星含蓄的牽引出深宮怨婦的寂寞，巧妙地運用月夜的神祕，將現實依附於神話，由簡化的絕句、寫景抒情的效果，透露出宮廷鮮為人知的複雜祕辛，這些皆由秋夜月而起興，蘊藏豐富情感底蘊。唐詩張九齡〈望月懷遠〉：「海上生明月，天涯共此時；情人怨遙夜，竟夕起相思。滅燭憐光滿，披衣覺露滋；不堪盈手贈，還寢夢佳期。」咫尺天涯之感皆由明月而興起，兩地相思的苦情，在共此一輪明月的情境中，得以圓滿無盡情懷。圓月華光與孤寂難眠，形成強烈的對比；滿捧月光的無奈，藉由夢境幻化的思緒，化作充滿無限可能的生命情懷。由《詩經》乃至唐詩，在月色的運用上，除藉景抒情外，有著由悲情而導向積極的正面意義。

宋詞中在月色的運用上，最具代表及指標性的人物便是蘇軾，蘇軾在〈水調歌頭〉中，一開始便借用明月，蘊藏心中對家人團圓的冀盼；舉起酒杯質問蒼天，四季的運行不悖，本為自然，以問句明知故問地給上天一個無法回答的問題，也帶出連上天都無法主導、理解的事，身為凡人的自己，又有何德何能，可以解開此糾葛的情感牽絆呢？〈水調歌頭〉詞云：「明月幾時有，把酒問青天；不知天上宮闕，今夕是何年？我欲乘風歸去，唯恐瓊樓玉宇，高處不勝寒。起舞弄清影，何似在人間。轉朱閣，低綺戶，照無眠。不應有恨，何事長向別時圓？人有悲歡離合，月有陰晴圓缺，此事古難全。但願人長久，千里共嬋娟。」作者泉湧的思緒，藉著情緒的發抒，情感的宣洩，轉化成文字的娟秀結晶，鋪排出苦悶象徵與轉念釋懷的心靈對照。濃縮的自棄，壓抑的才華，殘酷的現實與人情的冷暖，一個天才文學創作者應運而生了。我們不禁要反思，困境、絕境終究是天才的魔咒？絕美的文學背後，是付出了慘絕人寰的心靈折磨，歷經嘔心瀝血、切膚之痛的生命情境，才能換得來的炫麗珠璣！

老的也可以是新的，看似矛盾，時則有其蛛絲馬跡可循，凡事物皆有一體的兩面，舊道德可以有新詮釋，年長者可以貢獻經驗，激發年輕人萌生新創意，兩性關係可以是剛柔並濟，如日月相繼、陰陽相生、禍福相依、正反相對以發揮互補的力量。月色的柔性場景，帶給人一種舒緩的感受，對情緒有緩解的功能。如今慢活人生，正是現代人在心靈修養上，急需培養的氣質和內在心靈的提升。如將柔性名詞如日、月、山、水、火、風、花、河等，在文字作品中巧妙運用，終將得以轉念，苦中作樂，瞬間變化於紅塵之中。凡人皆易癡迷於七情六慾之中，離苦得樂之道，必須苦中尋求解脫，至死方休，歷劫苦難的人看似一種考驗，實則是提供我們此生清醒的機會，以真誠之心自利利他，為過往不圓滿的生命，提供收圓機會。在生命過程中遇到挫折和障礙，保有一顆堅強的心，勇闖難關，翻山越嶺總有柳暗花明的光亮，在心靈的彼岸照耀我們。續杯的青春，可以是叨絮不休的噪音。心靈的枯槁，也可以是語無倫次的瘖啞。

東坡懂得感恩，有一顆知足惜福的心，造就了他精神上的富足，導向更積極的作為，以抗衡遭受到的失意不順。〈念奴嬌〉：「大江東去，浪淘盡，千古風流人物。故壘西邊，人道是：三國周郎赤壁。亂石崩雲，驚濤裂岸，捲起千堆雪。江山如畫，一時多少豪傑。遙想公謹當年，小喬初嫁了，雄姿英發。羽扇綸巾，談笑間，強虜灰飛煙滅。故國神游，多情應笑我，早生華髮。人間如夢，一樽還酹江月。」東坡詞中男性的陽剛，在陰柔月色的羽翼之下，壓抑的情懷背負著沉重的包袱，難以振翅高飛，於是藉天候的陰晴、月亮的圓缺、自然的運行，將紅塵的悲歡、人世的離合，峰迴路轉，巧妙的連結，呈現釋懷的頓悟境界。

南唐後主李煜〈虞美人〉詞：「春花秋月何時了，往事知多少？小樓昨夜又東風，故國不堪回首月明中。雕欄玉砌應猶在，只是朱顏改；問君能有幾多愁？恰似一江春水向東流。」以問句向大自然訴怨，春花秋月的輪轉，到何時才能停歇呢？事實上自然界的更迭，不會因人為力量而改異，而作者因春花秋月的陰柔之美，墜入了時光的隧道中，讓往事痛苦的回憶立湧心頭，花月春風年年至，牽動新愁舊恨更難終了，這心中的痛楚藉無罪的春花和秋月，順風而來。李煜〈相見歡〉詞：「無言獨上西樓，月如鉤。寂寞梧桐深院鎖清秋。剪不斷，理還亂，是離愁？別是一般滋味在心頭。」見如鈎之月的不圓滿，牽動了自身的離亂喪亡之情；以移情作用將梧桐擬人化，植物本無情且不知移動，此處梧桐被描摹成有著被禁錮的寂寞心靈，柔媚的秋月卻勾起了困境重重、難解的國仇家恨，只能自問自答以點滴在心頭，自我解嘲一番，而此詩眼月色，正是鎖住整首詩意象的絕對關鍵。李煜〈憶江南〉詞：「多少恨？昨夜夢魂中。還似舊時遊上苑，車如流水馬如龍，花月正春風。」後主擅長用問答宣洩個人情感，如「問君能有幾多愁？恰似一江春水向東流。」（〈虞美人〉）、「是離愁？別是一般滋味在心頭。」（〈相見歡〉）、「多少恨？昨夜夢魂中。」（〈憶江南〉）李煜的真性情，表現在藝術方面的成就，恰與其現實生活面，形成強烈的對比，因此他的自問自答，特別具有說服力，不論誇飾的以一江春水顯現愁緒的無法計數、予人頻添想像空間的離愁滋味、恨牽夢魂中，處處可見一位多愁善感藝術家的細膩巧思。

岳飛〈滿江紅〉詞：「怒髮衝冠，憑欄處，瀟瀟雨歇。抬望眼，仰天長嘯，壯懷激烈。三十功名塵與土，八千里路雲和月。莫等閒，白了少年頭，空悲切。靖康恥，猶未雪；臣子恨，何時滅？駕長車，踏破賀蘭山缺。壯志飢餐胡虜肉，笑談渴飲匈奴血。待從頭，收拾舊山河，朝天闕。」一個全心報效祖國的忠臣，以國仇家恨為己任的武將，生命萬不能留白，天地正氣充塞其心，征夫情懷奔波於煙囂紅塵中，將男兒陽剛之復仇壯志，寄託於充滿陰柔之美的雲和月，以無法觸摸的雲和月，凸顯赤誠報國的崇高理想，文詞滿佈優柔情懷，赤膽忠誠卻著實令人熱血沸騰。

歐陽修〈生查子〉詞：「去年元夜時，花市燈如晝。月上柳梢頭，人約黃昏後。今年元夜時，月與燈依舊。不見去年人，淚濕春衫袖。」以今昔對比方式，同一年節與場景，十五夜月分外明，圓月的耀眼和如晝的燈火，映襯未見所思的落寞和悲悽；初春本是希望的象徵，脫去厚重的冬襖，穿上輕薄的春衫，身上是輕鬆的，而心情卻是無比的沉重，以至於傷感油然而起，無聲的飲泣，帶出有形的濕衫，巧妙運用月的陰柔，寄託對伊人的移情深意。

羅貫中《三國演義》第一回詞云：「滾滾長江東逝水，浪花淘盡英雄。是非成敗轉頭空，青山依舊在，幾度夕陽紅。白髮漁翁江渚上，慣看秋月春風。一壺濁酒喜相逢，古今多少事，都付笑談中。」無情的東逝江水，淘盡了世間執著名利的俗家弟子，三國時代，社會動盪，志士、仁人、奸佞、梟雄爭相嶄露頭角。眾人中只有諸葛亮志在邦國，淡泊寡欲，不求醉月飛花、出身顯赫的美貌佳人，只求才德兼備、相貌平庸的女子長相為伴；生命中歷經無數次的艱險，總是能沉穩以對，勠力以赴，智慧處事，化險為夷，慣看成敗，一如四季風月的自然運行。秋月是一年中最飽滿亮麗的月圓和豐收的季節，春風亦是一年中最溫馴和煦的日子，作者將時代的變遷，四季的移轉，映襯於歷史交戰中的成敗功過，淡淡地引用白髮漁樵，沉浸於江上小沙洲的閒雅風情，凸顯生命中最寶貴的莫過於享受當下片刻的恬靜，成功地將圓月秋收寄託生命的圓滿，而此功成名就之時，正可享受無憂之際，卻亦是生命即將告終的老年，了然春花盛開和秋月皎潔，只不過是過眼煙雲而已，揭開了生命的真相，怎不叫人慨歎凡俗的愚癡呢！

柳永〈雨霖鈴〉：「寒蟬淒切。對長亭晚驟雨初歇。都門帳飲無緒，方留戀處，蘭舟催發。執手相看淚眼，竟無語凝咽。念去去、千里烟波，暮靄沈沈楚天闊。多情自古傷離別，更那堪、冷落清秋節。今宵酒醒何處？楊柳岸，曉風殘月。此去經年，應是良辰好景虛設；便縱有，千種風情，更與何人說？」古人折柳送別，曉風殘月的淒清，人世的不圓滿，縱使良辰美景現前，也只能是視而不見，聽而不語了。范仲淹〈蘇幕遮〉：「碧雲天，黃葉地。秋色連波，波上寒煙翠。山映斜陽天接水。芳草無情，更在斜陽外。黯鄉魂，追旅思。夜夜除非，好夢留人睡。明月樓高休獨倚。酒入愁腸，化作相思淚。」藉明月寄情，月圓而人不團圓，只能藉酒澆愁，無盡相思，愁淚滴千行。秦觀〈桃園憶故人〉：「玉樓深鎖薄情種，清夜悠悠誰共？羞見枕衾鴛鳳，悶則和衣擁。無端畫角嚴城動，驚破一番新夢。窗外月華霜重，聽徹梅花弄。」孤獨寂寥呈現在觸目成雙成對的鴛鳳衾枕時，和衣而睡將內心的苦悶和羞慚暴露無遺，更聲驚破殘夢，窗外露重，烘托月夜的華麗醒目，更叫人難以入眠，只好以琴聲相伴，共度漫漫長夜了。

以上所舉凡如殘月、明月、月華、秋月、月如鉤、花月正春風、江月等，在詩詞中皆扮演著關鍵性的角色，可知月之陰晴圓缺，正如人事之糾葛牽絆般難以逆料，吾人由詩詞中作者的親身遭遇，或悲或喜，或聚或散，得到人生的體悟，擁有還需享有，當事與願違時，能豁達放下，便是一種心境的無限超越。

中國文學中詩歌的聲情之美

中國文學作品可分為韻文與散文兩大類，在韻文類中首以詩歌為一切作品的開端，詩歌中又以周朝的民歌詩經為可見的最早作品。人們在開心的時候，唱著歌歡欣暢懷的歌，在痛苦時，也流露著情緒苦悶的悲情。男人唱，女人也唱，形成了人們宣洩情感的最佳管道，以男生口吻唱的歌不勝枚舉，以〈關雎〉、〈小星〉、〈東門之池〉代表。以女生口吻唱的歌更是多如牛毛，茲以〈摽有梅〉、〈桃夭〉、〈伯兮〉為代表。

在一般人的認知中，周朝為禮教嚴苛的時代，男女禁止公開交往的社會，但在詩歌中卻多所呈現著自由戀愛的痕跡。〈關雎〉這一首歌，便呈現出男子的求愛方式是主動積極的，由男子充滿敏銳的觀察力，發現雎鳩鳥發出聲，吸引雌鳥的注意，終至於雄鳥雌鳥的快樂和鳴。男子也因而得到啟示，禽鳥有求偶的本能，人類自然也有追求異性的巧思。男子唱出由單戀的忐忑不安如荇菜左右流之。經過思索找到了方法以琴會友，漸入佳境，如荇菜的左右采之。最後和淑女結為佳偶，如荇菜的左右芼之，擄獲女子的芳心如同採拾荇菜的輕而易舉、左右逢源。男子唱出了戀愛的心情故事，也唱出了結為佳偶的快樂戀歌。

〈小星〉這首歌唱出征夫的苦悶，春秋戰國時期，諸侯為拓展自己的勢力範圍，不惜發動戰爭，以求增加個人版圖。可憐的百姓們則成了野心家在沙場上的棋子，任人擺佈。〈小星〉的歌者，不斷地唱，卻沒有人聽見他們的哭喊，對天控訴自己身份地位卑賤而遭受凌遲，沒有自由，只有無目的一日復一日的行軍征戰，如同天上的星星一般，連夜裡也不得休息。背負著厚重的行囊，心情更是沉重，對遠方的家人無限的思念，卻又苦無音訊傳達，怎能不發出悲鳴之情而夜裡唱哀歌呢？

〈東門之池〉唱著男子追求女子靠著天賦的好歌喉，由對唱山歌而試探女子心意，有時言語的表白在感情上，對青年男女的矜持，反而是一種阻礙，但唱起歌來，可以宣洩情感，又不顯得過分尖銳，有音樂、語調柔和的搭配，在情意的表達更是有加分的效果，男子唱著山歌，語帶自我安慰，想到東門池中的麻也是要經過長時期的浸泡，才能為人所使用。同樣的男女感情的培養，更是需要時間的催化，本來心焦如焚的男子，因唱呀唱的得到了情緒的緩解，耐心的澆灌愛的芽苗，終於獲得佳人的青睞而開花結果。

以女子口吻唱的歌更是透露出許多的情感變化，在〈摽有梅〉這首歌中，唱出女子感嘆青春短暫，嚮往美滿婚姻的真情流露，三段歌中分別唱出在15、16歲時的嬌羞，身價地位最崇高，仍可等待黃道吉日男子登門親迎的尊榮禮遇，而在17、18歲時，心理時而恐懼時而擔憂，有媒聘婚約時，則希望快點成親，連選日子這種曠日廢時的事，也希望免了吧。最後到了19歲時，只怕年歲已老大，只要有人提親要娶她，便自動前往夫家，身份地位因年紀的增加，而一落千丈。由歌中唱出女子心中的苦悶，對未來充滿著不確定感，也凸顯女子在周朝生活的無奈和悲情。

〈桃夭〉一首祝福人多子多孫的歌，可以看出古代以農立國的社會，對女子的期待，便是適時出嫁，適時生子，繁衍種族，使家族興旺。因此唱的歌也以桃花、桃子、桃葉與女子青春美貌及時成婚、婚後產子健壯平安、為夫家增添壯丁多子多孫多福氣產生聯想，歌謠一唱三嘆，語意鮮明。

〈伯兮〉代表著小老百姓的生活，受諸侯們的掌控，沒有個人的幸福可言，只有國家的興亡存續為先，才輪得到個人家庭的存亡，女子唱出丈夫出征打仗，女子獨守空閨的苦悶，沒有丈夫在家，她也無心修整自己面容，只有整日思念，妻以夫貴的社會，丈夫為一家之主，失了重心，還有什麼快樂幸福可言，每日盼的是丈夫回家，但又事與願違，因此得了憂鬱症，得了心病，苦等丈夫返鄉，成了每日唯一的指望，如此痛苦的生活，無怪女子們要唱出歸來吧郎君的悲情之歌了！

漢代的樂府詩亦多反映百姓的生活狀態，人們傳頌、歌唱著，要鋪陳如怨如怒、如泣如訴的心事，為伸張不平不順、不公不義而發聲。最具有代表性的二篇作品為〈孔雀東南飛〉和陳琳〈飲馬長城窟行〉。二者皆為苦命鴛鴦不得白首偕老的悲歌，前者為順母命而奪妻魂的家庭倫理悲劇，後者受官府打壓築長城而千里寄家書，唱出征夫無妄的苦痛，也唱出婦女守貞的苦況。以下分別敘述之。

「孔雀東南飛，五里一徘徊」首二句便唱出以孔雀自比為夫妻二人，本是同林鳥，大限來時各自飛向東、向南，但妻仍依戀夫家回頭不住的觀望著。這首詩歌唱出一段漢代小夫妻因與父母同住而成為犧牲品的悲情戀歌。劉蘭芝本是嫻淑聰慧的女子，和盧江小史焦仲卿結為連理，只因婆婆不喜歡蘭芝，便編造出許多傷害她的理由，要兒子休了媳婦，兒子在百般無奈下答應了休妻，對蘭芝言，無疑是一種人格和婚姻的雙重否定。由蘭芝自述成長過程被教導成為賢妻良母，以至於嫁為人婦，皆合乎傳統禮教的規範。但在循規蹈矩的模式下求生存的弱女子，卻仍討不得婆婆的歡心，只因變態的婆婆，見不得兒媳感情融洽，生了嫉妒之心，百般作弄，折磨蘭芝，使她生不如死，於是自願被休返回娘家，這是多麼沈痛而哀怨的卑微心態啊！

在焦仲卿一方，身為孝子難違母命，狠下心犧牲了自己的幸福，但仍心繫蘭芝。

在蘭芝返回娘家後，焦仲卿滿以為仍有再續前緣的機會，然而蘭芝兄長自作主張，為妹許下婚約，以蘭芝性格的堅貞，怎能輕易順從，在弱勢女子無力的掙扎下，選擇了最原始的自衛方式，退出人生的戰場中，做無言的抗議。焦仲卿為愛妻的死自責不已，亦共赴黃泉。這首詩歌凸顯古代男女身上背負了太多歷史傳統的包袱。辱沒了自我存在的價值，犧牲了大好前程和生命，只為滿足一個不成熟的夢想，而放棄夫妻同心的努力，不僅做了生命的逃兵，也使父母間接成了劊子手，實在是罪加一等的行為。

陳琳的〈飲馬長城窟行〉，以敘事方式娓娓道出前線征夫的無奈和苦悶，自古丈夫為一家之主，這夫主的模式，竟然因為戰爭，而徹底崩解，一個男人主動叫妻子改嫁他人，這是何等的難堪啊！又叫妻子生子不要養，生女才養大，這又是對整個大環境，投下了不信任票，對未來沒有希望，自然不願生養子女。最後連妻子都沒有了，身為一個男人，自尊心受到嚴重的打擊，國家都不能給予生命安危的保證，沒有國那有家，家庭倫理受到空前的挑戰亦是可想而知的了。

文學作品中質樸的語言

中國文學作品由早期的詩經歌謠，開啟了純粹的生活情韻與豐富的情感表現。自然的歌唱常能宣洩人們內心世界的期待，情感的流露也在不經意地傳唱山歌之餘傾洩而出。早期先民生活的單純與未受塵染的質樸語言，藉由音樂的包裝，使得我們有機會看到古人情意亦具有人性化的活潑樣貌。

漢水下游至長江一帶唱出的民歌「野有死麕，白茅包之，有女懷春，吉士誘之。林有樸樕，野有死鹿，白茅純束，有女如玉。舒而脫脫兮，無感我帨兮，無使尨也吠。」（〈召南・野有死麕〉）孔武有力的獵人在林間射死了一隻獐子，用白茅草包裹以表對女子的呵護，更藉此向懷春少女求愛；男子又在林間矮的灌木叢中打下了野鹿，用白茅草包裹凸顯具有照顧家庭的能力，更為討如花似玉潔淨脫俗女子的歡心；就算女孩已接受了男子的愛意，但人言可畏不可超之過急，仍需恪遵禮教的規範和社會的認同，因此女子的殷殷勸導，希望男子早日提親，以大環境可以接受的方式，達成兩情相悅的里程碑，無怪乎會有小心翼翼規勸所愛的言語，切勿因逾舉驚擾了忠狗護主的吠叫行為，實則為愛之深責之切的珍惜之情啊！這些質樸的真情和言語，假託唱出的歌謠，使得歷經數千年的後人，得以一窺古人情感表達的風貌。

在河南汲縣附近唱出的歌謠「投我以木瓜，報之以瓊琚；匪報也，永以為好也。投我以木桃，報之以瓊瑤；匪報也，永以為好也。投我以木李，報之以瓊玖。匪報也，永以為好也。」〈衛風・木瓜〉以口語表現生活上常見的水果木瓜，有瓜瓞綿綿之意；木桃木李或指一般水果或藉意投桃報李以示好，在人與人的互動中，表現出真摯而純正的情意，禮尚往來不僅僅只在維持情感，實則在於友誼長存。先民講禮重義的古風，表現禮輕情義重，情感的發展源自於友情，藉此延續的情意自當期待能開花結果長長久久。

河南省淮陽附近之地所唱的歌曲「東門之池，可以漚麻。彼美淑姬，可與晤歌。東門之池，可以漚紵。彼美淑姬，可與晤語。東門之池，可以漚菅。彼美淑姬，可與晤言。」〈陳風・東門之池〉言為心聲，曲能傳意，歌可通情；縱然禮教嚴明如周朝，卻無法滅人欲，青春期的男女彼此示好，自是生活上再自然不過的事，如此的情節也許天天都有只是不為人知罷了，然而唱出的歌曲卻再也掩蓋不了背後可能存在的事實，城門外的護城河戰時雖為保家衛國的設施，在平時卻也有多功能的作用，老百姓藉此浸泡堅硬的作物以為所用，農作繁忙辛苦之餘，更以山歌傳情聊訴相思之情，純粹無矯飾的話語，透露著百姓從泡麻的繁瑣程序，體會了情感同樣需要時間的淬煉，方能修成正果的道理。

河南洛陽附近唱的歌曲「彼采葛兮，一日不見，如三月兮。彼采蕭兮，一日不見，如三秋兮。彼采艾兮，一日不見，如三歲兮。」〈王風・采葛〉採野菜的生活可以一窺農民生活的情境，由採摘菜葉的動作體悟相思的難了，糾葛的思緒一如藤蔓類植物的理不清頭緒，純樸的實境生活與細膩的情感連結，表現出為情所苦的相思。河南新鄭附近所唱的歌謠「彼狡童兮，不與我言兮，維子之故，使我不能餐兮！彼狡童兮，不與我食兮，維子之故，使我不能息兮。」〈鄭風・狡童〉由歌謠可看出男女的不平權實其來有自，女子口中深恨的狡童，便是那無法曝光的交往對象，縱然已有交往的事實，卻無法掌控交往的結果，男子變心後的相應不理，是女子為自己發出內心怒吼的不平之鳴！

樂府詩為民間歌謠的轉化，是結合詩、樂、舞三種藝術的混合體。音樂為詩歌的靈魂是文字詩和舞蹈的樞紐。樂府詩是合樂的詩，是最正統的音樂文學。詩和音樂舞蹈結合在一起最能顯示出節奏的美、聲容的美和情韻的美。商代古老民歌：「今日雨？其自西來雨？其自東來雨？其自北來雨？其自南來雨？」將最純樸的語言融入詩歌之中，既生動又自然。漢樂府中之〈江南〉歌：「江南可採蓮，蓮葉何田田，魚戲蓮葉間，魚戲蓮葉東，魚戲蓮葉西，魚戲蓮葉南，魚戲蓮葉北。」東西南北之疊唱造成節奏上之自然效果，是民歌中送聲使用的極佳作品。此外，民間音樂的特色，可以表達強烈而獨特的民族性。一般民歌，不是娛樂他人的表演，而是人們生活的真實寫照。樂府詩不僅可使我們了解當時的音樂特性，同時亦牽連到該地區之民族性、生活方式、發生的特殊事件和人們的遭遇，於是民歌給社會帶來珍貴的研究史料。

樂府詩所使用的語言，是大眾的語言，俚俗、樸實而生動，其中有些傳神的語言實非文人專事雕章琢辭所能道盡。詩歌是濃縮的語言，精美的語言更是彎曲的語言，能體會個中道理，可說獲得詩中的三昧。如濃縮精美的愛情誓言〈上邪〉：「上邪！我欲與君相知，長命無絕衰。山無陵，江水為竭，冬雷震震夏雨雪，天地合，乃敢與君絕。」又如六朝情歌〈子夜歌〉：「我念歡的的，子行猶豫情。霧露隱芙蓉，見蓮不分明。」皆為俚俗而樸質，口語化而有鄉土味的表達，以霧裡看花的茫然影射感情不定的恐慌，使用彎曲的語言，達到語言活用，深入淺出的效果，是表現純樸語言的絕妙好詩。

文學作品中的癡情女與負心漢

癡情女與負心漢相戀的故事，在中國文學作品中出現的如詩、詞、曲、戲劇、小說等比比皆是，如「彼狡童兮，不與我言兮，維子之故，使我不能餐兮！彼狡童兮，不與我食兮，維子之故，使我不能息兮！」（《詩經》〈鄭風‧狡童〉）一位感情受挫的女子，心生怨懟發出之不平之鳴，實為落花有意流水無情的歌謠。「繁華事散逐香塵，流水無情草自春。日暮東風怨啼鳥，落花猶似墜樓人。」（唐杜牧〈金谷園〉詩）一位事主忠誠的女子綠珠，被兩位無情的男子石崇、孫秀逼得走上絕路，時人為此殉情女子多有不捨，故而常以此情境入詩懷想。

唐傳奇元稹之《鶯鶯傳》中的崔鶯鶯是個對愛情守貞的女子，不幸遭張君瑞遺棄，怨恨愛情無法修成正果，終以悲劇收場，元代王實甫《西廂記》為撫慰人心則改編為喜劇搬演為多。蔣防《霍小玉傳》中霍小玉以顛覆傳統價值觀念、勇於表達自己的想法，愛恨鮮明，表現出中國古代娼妓的特殊性格。隴西書生李益與霍小玉相愛，兩人私定終生，後李益進士得官，小玉知身分懸殊與李益相約八年，然李益竟娶盧氏為妻，小玉則為尋得李益消息傾家蕩產、相思成疾，黃衫客將李益帶至小玉跟前賠罪，小玉知情後竟悲憤而死，詛咒化作厲鬼糾纏李益終生，明湯顯祖改編為《紫釵記》擴大鋪陳悲情篇幅。

陳玄祐的《離魂記》唐傳奇小說，將超自然因素注入關鍵情節中，編撰倩娘與表哥王宙青梅竹馬、癡愛相隨的故事。由於門第觀念的作祟，使得倩娘父親將倩娘另許部下為妻，倩娘因而憂思抑鬱，纏綿病榻，王宙負氣出走長安，不料倩娘竟半夜追至船上，表明和所愛相偕離家之心，自此同居了五年，育有二子；後因倩娘思念雙親殷切，希望王宙一同返鄉省親，王宙先至倩娘母家請求原諒，倩娘雙親驚懼不已，因五年來倩娘一直是躺在自己床上昏迷不醒，正在親友疑惑之時，閨房中的本尊突然起身與門外的分身合而為一，大家才知與王宙生活五年的竟是倩娘的魂魄，倩娘的魂靈與肉身合而為一，終以團圓收場。元鄭光祖改編為《倩女離魂》，以離魂私奔寫出顛覆傳統的思想行為，表現女性在封建社會中，為爭取愛情自由的無言抗議。

馮夢龍編纂的《喻世明言》古今小說，有一篇宋元流傳很廣的小說《金玉奴棒打薄情郎》，金玉奴出身貧賤，丈夫莫稽早年貧困潦倒，入贅金家蒙賢妻之助晉身仕途。莫稽榮顯後，嫌貧愛富，不念糟糠，赴任途中狠心將玉奴推落江心，金玉奴巧遇赴任官員許公相救才得以存活；玉奴雖恨丈夫薄情寡義，但在許公的巧計安排下，金玉奴最後與丈夫言歸於好，傳統嫁雞隨雞的女德使她選擇委曲求全、方得以鞏固婚姻。中國傳統的婚姻觀念，存在人們的保守思想中，這就是為什麼張生會拋棄鶯鶯、莫稽會拋棄玉奴、李益會拋棄霍小玉的理由，唯有娶親門當戶對，才能使自己仕宦之途順遂，因為古代男子觀念如此，才使得社會大眾將這種拋棄女子的行為視為當然。

元代白仁甫《牆頭馬上》雜劇，以超乎常情的編劇模式，為弱勢女性鋪陳驚世駭俗的反動思想行為，牆頭馬上這一段露水姻緣，李千金離鄉背井，不見天日，躲在裴家花園七年，生下一子一女，男主角裴少俊卻是個儒弱無能的縮頭烏龜，依靠父母而活，啃老又騙老，當他謊稱進京赴試被拆穿時，父親盛怒之下欲告官，裴舍竟鮮恥以休妻向老父求饒，無怪被處罰打回原形又成一條光棍，但李千金何辜，要承受逐出裴家、骨肉分離的慘況。劇情幾經波折終仍回歸賢妻孝媳窠臼，女性自古以來凡面對親子關係時，終究是要凸顯母性的偉大面，相反的不委屈自己似乎是緣木求魚了。

李千金為癡愛，不計名份；崔鶯鶯為情執，屈就無悔；金玉奴一片心意，委曲求全；霍小玉無私奉獻，慘跌深淵。莫稽猶如翻版的陳世美，陳世美若非糟糠髮妻，孝敬公婆，照顧兒女，陳世美怎能一舉奪魁，做了狀元郎還當上了駙馬，當陳世美飛上枝頭做鳳凰時，卻一腳踹開原配和養他的爹娘。莫稽也是個貴而忘賤、恩將仇報的人；金玉奴棒打薄情郎，一打他無情，再打他不知感恩，三打他枉讀聖賢書，愧對父母、上天，頗有悔教夫婿覓封侯之情，此等悲劇的產生，皆起於士大夫觀念的作怪，莫稽無感激之心，竟欲將妻子除之而後快，如此背離人倫、利欲薰心和陳世美恩將仇報之行為實如出一轍。

中國文學作品中出現的詩、詞、曲、戲劇、小說之鋪陳故事，不論散文、韻文各有體式特色，皆能發揮極緻表現，或為民間傳唱，或為杜撰託寓、或為史料故實，一則意在緬懷故人，發思古之幽情，以古鑑今；二則意在彰顯教忠教孝之情，揚善規過，以古諷今。前人在文學表現一言一行之餘，更將所見所聞躍然指尖，務期風從草偃達標，不僅是創作理念的絕佳行銷者，更是後世筆耕者足資師法的楷模。

由中國古典名作論提昇國文素養及習作能力之途徑

壹、前言

關於改進國文教學及提昇大學生習作能力的議題，已成為當今大學國文教學關注的焦點，以大一國文選教學實務經驗由近取譬，採用古典經文為範例，針對各類文體，提供學子在習作時，不僅國文素養有所提昇，在國文作文實際演練中，得以增進活用著手之門徑。

此外針對學生之現況與需要，嘗試提出「學中做，做中學」期收相輔相成之效。其意為一方面閱讀相關之經典名作，閱後將其心得以習作方式呈現。此乃符合語文教學聽、說、讀、寫等的四大要件。站在學生的立場，思考是否受用，以奏事半功倍之效。

貳、大學生習作之困境

綜觀今日大一學生作文面臨的困境，以個人教學中之實務經驗，略述於後：

一、錯別字太多

今日學子與科技文明同步成長，固然有其競爭優勢，但面對文字運用，組織表達能力的融合時，卻因練習不夠，常顯生澀。在選擇電腦鍵盤的字體上，常有不知所措或因同音字而誤植，造成錯字連篇。

二、解題不明確，似懂非懂

當今學子由小學，中學至大學的長期國語文訓練，造成學生以考試導向，大考熱門的主題則眾人趨之若鶩；不常見的議題，則敷衍塞責，或惜字如金，或採字海戰術博取同情，換得高分。在主客觀因素影響下，學生為寫而寫，常有不瞭解題意，或誤解題意，因此造成下筆受挫，自嘆書到用時方恨少的結果。

三、論述欠條理，欲言又止，似是而非

在個人多年的批閱文章經驗中，大一學生，在論述說理的文章時，每每可見用辭不當，或用詞重覆，屢屢呈現詞窮之境，非但論述欠條理，詞不達意；或者是欲言又止，似是而非的言論，充斥於文章。所發言論常莫衷一是，呈現混沌不清的景象。學生文章中常出現人云亦云，或千篇一律，甚或引用不雅之詞句等。

四、欠缺實務參與，舉證貧乏

現代父母對子女的呵護備至，對子女而言，雖享受家庭溫暖，如溫室的花朵，卻欠缺對社會人群的關懷，甚至對國際事務充耳不聞。在少子化甚至無子化的現代家庭關係下，年輕人以自我為中心，若缺乏多元化、多角化的跨領域學習和人際關係，要想在文章中注入貼切的生活化、真情的流露，恐怕要大失所望了。

五、欠缺深廣度的閱讀

文章中可反映台上三分鐘，台下十年功的效力。大一學生習作極少引用經典名著、聖賢古籍之至理名言或不朽篇章內容以增文彩。窮究其因，實由於學生在閱讀基

本功夫上，欠缺深廣度的結果，導致無書可引，無佳言名句可用。

六、字體粗俗不雅。

今日學生生存於電腦化的時代，書寫的機會相對的減少，因練習時間不足，所以常見大學生寫出的文章，不僅粗俗不雅，且夾雜火星文，實難登大雅之堂。

叁、古典名作範例之文章分類

本文古典名作佳篇範例之取材、分類先後次序排列，由簡而繁，由易而難，以循序漸進法，導引學子在寫作上尋求治本之道，乃在於提昇國學素養，配合習作演練方能相得益彰，學以致用。常言道：「熟讀唐詩三百首，不會作詩，也能吟。」、「讀破萬卷書，下筆若有神。」即為明證。

提昇當今大學學子的國文程度，取材自大一學生所讀大學國文選，務期使大一國文與高中國文達成連貫性，輔以大學聯考作文精華範本，儘量避免選取艱澀之篇章，而代之以趣味、易懂輔以詮釋，即可發揮舉一反三功效。協助大學學子延伸其高中之國文程度，使之更具深度和廣度。試觀大學聯考作文範例，亦為研讀經典，增加許多名句詞彙其理實為一致。

作文習作分類，依大學聯考作文精華之撰本，共計分三類，論說文、記敘文、抒情文等，配合經典範例說明如下：

一、論說文

論說文重在思考，培養學子深度，說理、論述、強化思辨能力，根據核心論點，加以進一步申述論說。以下舉《禮記・學記》及韓愈《進學解》二篇為例。以此二篇皆議及學習之進程及方法並舉例印證學習的重要性，故選此二篇為例。

（一）《禮記・學記》

1、抽絲剝繭、由近而遠論述學習的重要性。「發慮憲・求善良・足以諛聞・不足以動眾・就賢體遠・足以動眾・未足以化民・君子如欲化民成俗・其必由學乎！」

由個人的起心動念開始，做好個人修養，方能影響周邊的人，使之有好的轉化，但要影響更多更遠的群眾則必須由教育著手，論述有層次，易解易學易懂。

2、舉例說明，淺顯易懂，由淺入深，引入論述核心。「雖有嘉肴・弗食・不知其旨也・雖有至道・弗學・不知其善也・是故學然後知不足・教然後知困・知不足・然後能自反也知困・然後能自強也・故曰・教學相長也・兌命曰・學學半・其此之謂乎！」本文貴在強調做中學之至理。

3、論述由時序、內外分別反覆論述，以說明學習的重要性和方法的必要性。「大學之教也・時教必有正業・退息必有居學・不學操縵・不能安弦・不學博依・不能安詩・不學雜服・不能安禮・不興其藝・不能樂學・故君子之於學也・藏焉修焉・息焉游焉・夫然故・安其學而親其師・樂其友而信其道・是以雖離師輔而不反・兌命曰・敬孫務時敏・厥修乃來・其此之謂乎！」此文強調學無止境，終生學習的重要影響。

4、善於舉例，使人易解、易學、易懂。「善學者・師逸而功倍・又從而庸之・不善學者・師勤而功半・又從而怨之・善問者如攻堅木・先其易者・後其節目・及其久也・相說以解・不善問者反此・善待問者如撞鐘・叩之以小者則小鳴・叩之以大者則大鳴・待其從容・然後盡其聲・不善答問者反此・此皆進學之道也！」此文強調學問之道在學與問，不斷的學習，有疑惑時要及時虛心請教。

5、勸人立志，運用明顯的因果關係以舉例說明。「良冶之子，必學為裘；良弓之子，必學為箕；始駕馬者反之，車在馬前。君子察於此三者，可以有志於學矣。」此文強調人貴立志，萬變不離其宗。

6、勸人本末當分清，舉例論述務本之要妥貼適切。「古之學者．比物丑類．鼓無當於五聲．五聲弗得不和．水無當於五色．五色弗得不章．學無當於五官．五官弗得不治．師無當於五服．五服弗得不親．君子曰．大德不官．大道不器．大信不約．大時不齊．察於此四者．可以有誌於學矣．三王之祭川也．皆先河而後海．或源也．或委也．此之謂務本．」此文強調君子務本，本立而後道生。

（二）韓愈《進學解》

韓愈《進學解》的重要性，為針對學子目前急待解決之困難處，提供絕佳的因應之道，勉勵學子勤學向上具說服力、實用性高。

1、以第三人稱及設問體自問自答，吸引讀者，以引人入勝方式論述之。

「國子先生，晨入太學，召諸生立館下，誨之曰：『業精於勤，荒於嬉。行成於思，毀於隨。方今聖賢相逢，治具畢張，拔去兇邪，登崇俊良。占小善者率以錄，名一藝者無不庸。爬羅剔抉，刮垢磨光。蓋有幸而獲選，孰云多而不揚？諸生業患不能精，無患有司之不明；行患不能成，無患有司之不公。』」此文勸勉學生要精進學業，在學業上用心，自然有所發展。

2、借學生之口吻，讚美個人的優點由做學問之勤、宏揚儒教之勞、創作之多及為人的成功凸顯個人的努力有成。「言未既。有笑於列者曰：『先生欺余哉！弟子事先生，於茲有年矣。先生口不絕吟於六藝之文，手不停披於百家之編。記事者必提其要，纂言者必鉤其玄。貪多務得，細大不捐。焚膏油以繼晷，恆兀兀以窮年：先生之於業，可謂勤矣。觝排異端，攘斥佛老。補苴罅漏，張皇幽眇。尋墜緒之茫茫，獨旁搜而遠紹。障百川而東之，迴狂瀾於既倒：先生之於儒，可謂有勞矣。沈浸醲郁，含英咀華，作為文章，其書滿家。上規姚姒，渾渾無涯。周誥殷盤，佶屈聱牙。春秋謹嚴，左氏浮誇。易奇而法，詩正而葩。下逮莊騷，太史所錄。子雲、相如，同工異曲；先生之於文，可謂閎其中而肆其外矣！少始知學，勇於敢為。長通於方，左右俱宜：先生之於為人，可謂成矣。』」在學業上、在宏揚儒教上、在為人上、在寫作上韓愈做為人師則實至名歸。

3、善於舉例印證善有善報的道理，有其一定依循的本質。凡事皆有其因果正道。匠氏之工巧乃因有選木材之能；醫師之良，乃因有選藥材之資；宰相之能，乃因有識人之才。「先生曰：『吁！子來前。夫大木為宗，細木為桷。欂櫨侏儒，椳闑扂楔。各得其宜，施以成室者，匠氏之工也。玉札、丹砂，赤箭、青芝，牛溲，馬勃，敗鼓之皮，俱收並蓄，待用無遺者，醫師之良也。登明選公，雜進巧拙，紆餘為妍，卓犖為傑，校短量長，唯器是適者，宰相之方也。』」

4、運用反諷、反覆論述個人所受不平待遇，舉大儒不幸遭遇以自我安慰。「昔者孟軻好辯，孔道以明。轍環天下，卒老於行。荀卿守正，大論是宏。逃讒於楚，廢死蘭陵。是二儒者，吐辭為經，舉足為法。絕類離倫，優入聖域，其遇於世何如也？」

5、由貶抑自己的論述，凸顯個人受挫不懈怠，勇於面對現實以輕鬆態度陳述遭遇。「今先生學雖勤而不繇其統，言雖多而不要其中。文雖奇而不濟於用，行雖修而不顯於眾。猶且月費俸錢，歲糜廩粟。子不知耕，婦不知織。乘馬從徒，安坐而食。踵常途之促促，窺陳編以盜竊。然而聖主不加誅，宰臣不見斥，茲非其幸歟？」

6、以反詰語氣，舉例說明以外行領導內行的錯誤和嚴重的後遺症。「若夫商財賄之有亡，計班資之崇庳。忘己量之所稱，指前人之瑕疵。是所謂詰匠氏之不以杙為楹，而訾醫師以昌陽引年，欲進其豨苓也。」

二、記敘文

記敘文的特色如散文，敘述人物、事物、山水、遊記、歷史傳記，屬於平實、有根據、有具體形象可察之記敘文章。此類取材之代表作，以〈廉頗藺相如列傳〉及劉向《說苑選・復恩》一則為例。前者因知名度高，為有名的歷史故事最具代表性，戲劇張力強，易引起學子高度之興趣與關注，學習效果大。後者復恩即報恩之故事，當今強調品德教育之時，讀此篇加強學生理解「有陰德必有陽報」、「宰相肚裡能撐船」、「有容德乃大」、「大肚能容」、「得饒人處且饒人」、「人當擁有包容寬厚的心胸」、「人有恩於我，不可或忘也，我有恩於人，不可不忘也。」發揮知恩、感恩、報恩的美德。

（一）司馬遷〈廉頗藺相如列傳〉

太史公司馬遷撰《史記》，文筆精鍊，描寫生動，為後代文人創作取法之資，其書兼具歷史和文學之雙重價值，影響深遠。

1、敘事生動，援引事實。「乃謂秦王曰：『和璧，天下所共傳寶也，趙王恐，不敢不獻。趙王送璧時，齋戒五日，今大王亦宜齋戒五日，設九賓於廷，臣乃敢上璧。』秦王度之，終不可彊奪，遂許齋五日，舍相如廣成傳。相如度秦王雖齋，決負約不償城，乃使其從者衣褐，懷其璧，從徑道亡，歸璧于趙。」（〈廉頗藺相如列傳〉）本文在敘述秦趙二國為和氏璧而費盡心機，秦欲奪璧而不予十五城，趙則全力保璧而不受辱，唇槍舌戰，藺相如之智慧及辯才無礙，不僅鋪排情節絲絲入扣，文采洗鍊，更是字字珠璣，足為典範佳篇，忠義良臣之品德更是深具教忠教孝的功能。

2、運用事件，引人入勝。完璧歸趙的故事及藺相如血濺五步，為趙王爭回國格顏面，終得秦王為趙王擊缻。「相如曰：『五步之內，相如請得以頸血濺大王矣！』左右欲刃相如，相如張目叱之，左右皆靡。於是秦王不懌，為一擊缻。相如顧召趙御史書曰：『某年月日，秦王為趙王擊缶。』秦之群臣曰：『請以趙十五城為秦王壽。』藺相如亦曰：『請以秦之咸陽為趙王壽。』秦王竟酒，終不能加勝於趙。趙亦盛設兵以待秦，秦不敢動。」（〈廉頗藺相如列傳〉）

（二）劉向《說苑選・復恩》一則

劉向《說苑選・復恩》一則：「楚莊王賜群臣酒。日暮，酒酣，燈燭滅，乃有人引美人之衣者。美人援絕其冠纓，告王曰：『今者燭滅，有引妾衣者，妾援得其冠纓持之。趣火來上，視絕纓者！』王曰：『賜人酒，使醉失禮，奈何欲顯婦人之節，而辱士乎！』乃命左右曰：『今日與寡人飲，不絕冠纓者不懽。』群臣百餘人，皆絕去冠纓而上，卒盡歡而罷。」在第一段敘述楚莊王設酒宴犒賞群臣，席間有一臣因醉酒而拉扯莊王妾之衣，被妾扯斷帽帶，莊王本可因之處以重罰，然而卻罪己令人失禮，不加責罰，埋下得饒人處且饒人的善果。第二段敘述楚莊王寬宏大量，不計人過；使得失禮的臣子受到感動而奮勇殺敵，在戰陣上為王效死，實為知恩圖報的寫實範例。第一段重前因、埋下伏筆，第二段則敘後果，因果關係環環相扣，組織嚴謹，敘述暢達，在章法上言簡意賅，層次分明，值得作為習作典範。在內容上強調行善積德，更凸顯善有善報的正面積極人生態度，在現代功利化的科技時代裡，對年輕學子在品德上的提昇和鼓勵，實有莫大的啟示和激勵作用。

三、抒情文

人為萬物之靈亦為感情的動物，內心的知、情、意，藉文字表達其誠於中而形於外的真情流露。在抒情文中所舉範例如陶淵明〈歸去來辭并序〉和王羲之〈蘭亭集序〉。

（一）陶淵明〈歸去來辭并序〉

陶淵明為晉宋之際最重要的詩人，也是中國第一位知名的田園詩人，他的詩文不僅表現溫厚綿長的情感，更散發其平淡曠遠的修養。在歸隱之後，以質樸自然的筆觸，捕捉田園風光，鄉居愜意之情，開拓出中國田園詩的新境界。《歸去來辭》在序文中說明出仕和歸隱的前因與後果，而辭的內容直抒胸臆，在涉入官場文化的短暫生活中，擁有刻骨銘心的體悟，要真誠面對自我，也才能在作品中真情流露。在描寫作者心情的舒暢快意，由室內擴及庭園，一景一物都能帶給他極大的鬆綁和歡愉。作者在文中善用對句如「今是」、「昨非」。善用設問如「田園將蕪，胡不歸？」、「奚惆悵而獨悲」以自我省思的方式帶出心緒悠悠。結尾更以反詰語氣「曷不委心任去留！」、「胡為遑遑欲何之？」、「樂夫天命復奚疑？」肯定自適的生命情調，使全文更富有生命力，作者用語質樸，用韻和諧，給人自然生動的意趣。歐陽脩說：「晉無文章、唯陶淵明歸去來辭而已。」實為最崇高的評價。

（二）王羲之〈蘭亭集序〉

東晉穆帝永和九年三月三日，王羲之同孫綽、李充及支遁等名士，會集蘭亭，修祓禊禮，飲酒賦詩，以抒雅懷。王羲之作序以記當時盛況，並抒己懷。此文不僅筆力遒健，書法冠絕古今，後人臨摹此行書盛行於世，有書聖之美喻。

全文除敘述聚會的歡樂氣氛，更體悟出人生無常的真諦，生命終究要回歸自然而消亡殆盡，文中「後之視今，亦由今之視昔」以層遞的修辭法，強調人力之難以對抗天意。個人生命雖不能長久，然古人以立德，立功、立言為人生之三不朽，個人只要擇一盡力達成，即可永垂典範。所謂「後之覽者，亦將有感於斯文。」〈蘭亭集序〉情動於衷，而形於言的文字，深植人心，足見其文章並沒有「終期於盡」，給予生命永恆價值的深思。

肆、經典範例提供之習作要訣

歸納上列經典範例之習作要訣，扼要敘述如下：

一、熟讀經典
二、背誦及默寫其精華絕妙詞句
三、勤於習作，首自研讀心得著手，依據經典原文，作為習作入手之起點。
四、勤練論說文、記敘文、抒情文三類文體之精華篇章。
五、熟能生巧、舉一反三。
六、教師嚴格督導、指正學生習作上之缺失。
七、學校重視並舉辦國文習作比賽，實施各項獎勵措施及全方位的配套措施。
八、假以時日，終能展現學生進步的成效。

伍、結論

從事大學國文教學工作者長時間所關切的議題，窮本溯源，仍宜自根本處、經典上下功夫，方為奠基大學生國文素養之治本之道。語云：「若要功夫深，鐵杵磨成針。」、「不經一番寒澈骨，焉得梅花撲鼻香。」提昇大學生的國文素養與習作能力，此為一必經之過程。

關於古典名作範例，浩如煙海不勝枚舉。本文於浩瀚學海中，僅取材適合當今大學生程度之佳作數篇，藉此拋磚引玉，期盼大學莘莘學子，體察中國經典名作之絕妙好詞，深思其中精邃的人生哲理與意涵，若能產生興趣，進而勤下功夫，對其習作能力之提昇及人生境界之超越，必將指日可待。

我看《竇娥冤》雜劇的省思

膾炙人口的旦本悲劇《竇娥冤》作者關漢卿，在中國文學與戲劇上的卓越貢獻，除了豐富多元的創作內容外，便是其深入社會基層的穿透力和人性光輝的發揮力。在那苦悶的年代，他以悲劇諷刺強權惡勢力，呈現一個抒發百姓心聲的時代面貌給苦難的大眾。

元代高壓的政策和政治窮徵暴斂的手段，使漢人在異族統治下，讀書人受盡壓迫和歧視，傳統禮教壓抑下的婦女處境則更是苦不堪言。故事敘述女主角竇端雲自幼女、童養媳、寡婦、怨婦乃至於遊魂的心路歷程和人生際遇，凸顯外柔內剛的性格，最終以陰魂訴願，洗刷了受冤的名節作結。劇中女主角身分為平民的竇娥，受不平等待遇，作者以天降異象，反映人力無法圓滿人事時，藉戲劇情節的效果，以上天還予百姓公道的震撼，紮實地撫慰了百姓受傷的心靈。

在生活上，蔡婆是一個踏實勇敢的中年婦人，丈夫雖早逝卻不因此而被擊倒，一反傳統地放高利貸謀生，有債主欠錢不還，身為婦女竟隻身前往索債而毫無懼色，可說是一個自食其力的成功女性。竇娥是一個命運多舛的女性，際遇的坎坷並沒有打倒強韌的她，認命的在蔡婆家當童養媳，作一個賢媳孝婦，在丈夫死後，更謹守婦德守喪三年不墜。

在婚姻上，蔡婆雖是一個舊社會下的傳統女性，但她也有老而無助軟弱的一面，處於張驢兒的脅迫當頭，只能採取妥協，毫無反擊的能力，更無力發出反對的聲音。竇娥在婚姻生活中，是一個楚楚可憐的角色，既無奈命運的捉弄，拔著個短籌，嫁了個短命鬼，守寡後又碰上了個登徒子、無賴漢，但她少而堅貞，不畏惡勢力，拚了一死也要保全婦女的操守。在堅持守貞的信念上，是一個思想的巨人。

在禮教上，蔡婆是一個思想傳統，但行為卻屈從惡勢力的無助老婦。而竇娥是一個思想守舊，死也要恪遵謹守禮教規範的貞婦。兩者雖受制於環境的影響、人事的脅迫，但其深受傳統禮教的意念是相同的。竇娥冤雜劇中作者成功地塑造生動的婦女形象，呈現出兩個不同年齡層的婦女意象。

從史料所載的人數來觀察，我們可以窺見，元代婦女並未因外族的介入而能逃脫禮教的束制，反而是更加沉重的精神負荷。元代婦女承襲宋代漸趨謹嚴的禮教束縛，雖蒙古外族奔放的氣息加入，仍難逃中原傳統禮教的約束。從《古今圖書集成》

中所載的「節婦」、「烈女」傳記，可知自宋以降，「節婦」、「烈女」的人數較之前代，明顯暴增。根據董家遵〈歷代節婦烈女的統計〉一文所歸納的表單人數顯示，宋以前的「節婦」人數僅佔百分之〇・二六，單宋代就佔百分之〇・四一，共一五二人，元代更加超前，佔百分之〇・九六，共三五九人；至於在「烈女」的統計數目，宋以前佔百分之〇・八，宋代佔百分之一，共一二二人，元代則躍升為百分之三・一五，共三八三人。

對元代婦女而言，漢人的地位既低下，身處於父權禮教壓力下的婦女，地位則更加卑下，再以整個元代社會舊有價值、階級、制度的轉換，關漢卿以竇娥冤悲劇，反映社會意義及婦女形象，更反映社會人心的不安。元朝廷的貪污腐敗，放縱特權不法，巧取豪奪，姦污婦女，無惡不作，婦女的悲苦即在此社會氛圍下，如野火燎原般蔓延。

元代對漢人來說，是黑暗苦難時刻的來臨，關漢卿身在這種苦悶氣氛下，卻激發出個人超水準的創造力，在戲劇中以犀利的筆調，以無比沉痛的雷霆之筆，以受難者的淒厲控訴，揭露苦難的根源，諷刺不公不義的社會，令強權窮途，使弱勢得勝，由悲劇受難者的犧牲中，呈現出社會的悲苦，歌頌人生的積極價值觀，藉由戲劇的形式，對不公不義，發出強烈的抗爭，藉由戲劇的形式，安慰受屈辱、壓迫的廣大民眾，給予心靈希望的撫慰，使大眾在艱難的生活境遇中，提昇奮鬥的意志。

元雜劇以創新的形式，在元代強大的武力、經濟力後盾所開展的繁榮商業下，提供其肥沃的土壤，更重要的是，文人自社會階級的雲端墜落下層後，懷著百感交集的情緒，投入雜劇的創作，除了抒發個人主觀的生命情志外，亦發抒社會共存的生命價值，在瞬間即逝的舞台，賣力演出屬於整個元代的生命情調。

《牆頭馬上》的反思

元雜劇《牆頭馬上》為白仁甫所作之浪漫愛情喜劇，內容四折戲描述元代書生詩書傳家、白手起家、萬般皆下品、唯有讀書高的社會價值觀，男尊女卑的古代性別觀念，促使男性在功名利祿未有成就之前，實在難以對成家、感情方面有所付託，許多男性在功名未成之前，生活仍有賴於父母，經濟在未能獨立自主之前必須仰賴父母而生存，因此《牆頭馬上》的故事源頭便應運而生了。

第一折由工部尚書裴行儉的定場詩開場，自述其出身貧寒到達榮顯地位，實由於十年寒窗，一朝成名全家受惠。唐玄宗一日到西御園遊賞，不堪滿園花木狼藉，於是授權裴行儉工部尚書，至洛陽買花栽子，不問權豪勢要之家蒐羅各種奇花異卉，以充實御苑，以符合皇家的身分地位。裴行儉受了皇上詔書難以推辭，但又因年邁無力遠赴洛陽，因而遣子代父採辦花藝。故事的發展便由買花栽子一語雙關而開展。少俊年少力盛，代父買花栽子，不想騎馬在李千金家門外時，竟和在牆內的李千金四目相望，產生了石火電光，瞬間將千金帶入了反傳統反社會的情境。

李千金女未嫁又年逢十八適婚之齡，裴少俊年十九弱冠未娶，二人一見鍾情，少俊以絕句詩挑逗試問，引逗千金的春心狂蕩，詩云：「只疑身在武陵遊，流水桃花隔岸羞；咫尺劉郎腸已斷，為誰含笑倚牆頭。」千金回以絕句詩，主動邀約少俊，成就了一夜激情。詩云：「深閨拘束暫閒遊，手撚青梅半掩羞，莫負後園今夜約，月移初上柳梢頭。」少俊見詩喜出望外，當夜便翻牆一躍而入，成就了牆頭馬上的一段露水姻緣；不巧正在纏綿悱惻男女激情戲上演時，李千金的奶媽夜巡，發現了這段後花園的私情，迫使一對年少輕狂的男女戀情曝光，千金和少俊雙雙下跪向乳母認錯，並自請放行私奔以遮醜，要求乳母為之守密，以保全女性的節操。

在李千金選擇奶媽提出的二種退路，她考慮的是女子貞操的重要性，嫁雞隨雞，嫁狗隨狗的觀念，使得千金不願等待少俊功成名就回來娶她，而是立即隨著少俊當夜私奔。千金的心裡實則亦存著恐懼，擔憂少俊得了功名後，卻樂不思蜀，拋棄所愛成了劈腿男。千金處在一則悔恨個人失身於激情夜，二則對少俊愛情是否堅貞存有的不安感，無奈下選擇了私奔一途，以保有當下的愛情，卻不知橫在眼前的愛情代價，實在是挫折重重啊！劇情鋪陳千金的表現，可以看見古代女性的內心苦處，恐懼婚姻的具體性及安全性，對大環境價值觀的畏懼和認同。

少俊和千金私奔後卻未稟明父母，而是將千金隱藏在自家後花園七年，而且生了一子一女，千金委屈求全過著沒有名分的地下婚姻生活，也可以看出古代女性面臨婚姻和愛情的兩難處境，裴少俊依循著古代男性社會價值觀，也順應著男性在家庭中應有的責任，男子二十成年行冠禮，女子十六成年行及笄之禮，縱使成年，男性並不能實質養家，成家之後仍須依賴父母供應經濟來源，父母便是一切成就的根源，沒有父母的物質、精神支持，年輕未有功名的男子，是難以擔負起養家能力的。當裴少俊帶李千金回家時，內心應是充滿矛盾和自責的，身為男性竟不能給妻子兒女一個光明磊落的生長環境，這是何等自卑酸楚的內心糾葛啊！

裴行儉每年責成兒子少俊進京赴試，求取功名，而少俊竟是每年前門出，後門進，又回來自宅後花園和千金雙宿雙飛，七年中生下了一兒一女，一段後花園內的地下婚姻，就在兩個不安的男女，千絲萬縷的感情糾纏中持續著！

七年後的一個清明節，裴行儉奈畏風寒難以祭掃墳瑩，命少俊和母親代為祭祖，閒來無事，裴父走向後花園，意欲檢視兒子多年用功成果，一方面也為長久未盡關懷兒子功課的職責，聊表督導心意。不巧碰上了少俊一對子女在後花園玩耍，驚訝之際，跟向後花園書房，裴父因撞見一對玩樂中的小兒女，而發現了自己兒子的地下戀情，憤怒之際，出言不遜，指責李千金為優人娼女，無有媒聘不成婚媒，而李千金則不疾不徐，勇於承擔，當下即表明為少俊之妻室，毫不畏懼地承認自己選擇的這段沒名份的婚姻，這在當時社會是需要多麼大的承擔勇氣，尤其當裴父言語侮辱千金時，她仍可沉穩地以不卑不亢的態度全力反擊，為自己的幸福做最有力的抗爭，這是凸顯古代女性為愛走天涯的前衛象徵。

裴父對既成事實的兒女情，百般阻擾，實則心理上難以擺脫封建制度下的權貴觀念，因此為了讓自己有台階下，乃用玉簪磨成針樣細仍能不斷，銀瓶繫游絲井中汲水，可成功自井中打水，便承認他們的天湊良緣。此二種問天買卦的行為，無疑是懦弱行為下自我寬慰的解套作法。裴尚書本可順水推舟，圓滿此一樁未依傳統禮教的體制外婚姻，但他因背負著封建社會的枷鎖，情感上不願成全兒女，作風上更是全力打壓，因此少俊、千金便成了傳統文人法則中的愛情犧牲品！裴尚書活生生拆散了兒子的地下婚姻，把李千金人格污衊殆盡，在他極力的摧殘之下，一家四口全然四散，悲慘的分離！

少俊被迫接受父命，把千金給休棄，進京求取功名，也順利功成名就，又擔任洛陽縣尹，此時回頭請求千金的原諒，但不被接受。少俊請求父親出面，情節安排裴尚書竟與夫人同往，請求媳婦的原諒，這是異乎古代常情的作法，裴尚書自知不通情理造成的遺憾，乃願屈辱前往，請求原諒，一則為了兒子的幸福，也終於想通願意負荊屈駕，請求千金的赦免，對一個曾任高官的朝廷大臣，實為禮教社會價值觀的大反動和大翻盤。千金本不願接受，但一雙兒女作勢悲痛自殘，打動了親娘，親情的召喚，使得本如鐵石心腸的千金，態度終於轉變，屈膝承認了公婆，接納了丈夫，當然也挽救了破碎的婚姻。

人的思想往往只在瞬間，便改變了兩極化的可能，公眾人物許多為情困、為愛茫的悲慘案例，如關中女、徐明女的自殘，倪敏然的自縊，實令人不勝唏噓，若在恐懼無助中都能再次停聽看，也許會有如《牆頭馬上》中李千金的摒棄成見，而擁有歡喜圓滿收場的大結局！

我看《趙氏孤兒》的省思

在這個功利掛帥瞬息萬變的科技世界裡，新一世代的族群，往往自我中心意識較強，傳統社會中的仁義道德，儒家思想提倡的忠孝節義，早已被視為思想理念的古董。然而，不可忽略的是，人性中的一項共通點，即是崇尚善的本質以及厭惡邪惡的肆虐。戲劇的呈現，在人們生活中，肩負起一種撫慰心靈的重要模式，反映出社會的潮流、人心的趨向，更具有凸顯對國家、社會、政治、經濟等興衰的一項指標效益。不論戲劇呈現的是悲劇也好，是喜劇也罷，除了人們茶餘飯後作為一種娛樂之外，總是存在著一些思想，蘊含於此表演藝術之中。《趙氏孤兒》這個末本悲劇，除了具有史實的回顧意涵、高潮迭起的戲劇效果、鋪陳令人不忍卒睹的殘酷畫面以及聳動的復仇計畫等之外，更具有提示人心向善、警惕人們摒棄歹念，以因果的現世報應，明示善有善報、惡有惡報的天理昭彰宿命。

作者紀君祥的《趙氏孤兒》元雜劇，根據史實陳述晉國在朝政上的政治惡鬥，朝中宰相趙盾，大司寇屠岸賈，一文臣、一武將，因理念不合，形成對立。屠岸賈為篡奪晉靈公之大位，處心積慮，色誘靈公，以致國君成天與聲色犬馬為伍，全然不理晉國之朝政，宰相趙盾忠心耿耿，一心為國，怎肯讓屠賊禍國殃民，屢勸靈公不成，憂心如焚。禍國殃民的惡賊屠岸賈，視趙盾如眼中釘肉中刺，欲除之而後快，多次嘗試要取趙盾之性命，曾派刺客鉏霓夜晚至宰相家中行刺，無奈刺客見宰相焚香祝禱，實為一憂國憂民的好相國，人性善良的一面油然而起，不忍刺殺忠良，竟於宰相家中之大槐樹上觸樹身亡，寧願了絕殘生而不願為虎作倀。

當屠岸賈殺趙盾不成之後，又訓練西戎國所贈之獒犬，將之訓練成專門撲咬身著紫袍、玉帶，手持象簡、烏靴之人。試之百日無誤之後，便領上朝殿之中，執行計謀，對靈公謊稱此獒犬能辨忠奸，於是獒犬乃在大殿上追殺宰相趙盾，此時殿前侍衛提彌明為求伸張公理正義，於是以金瓜槌順勢將獒犬批成了兩半，為宰相在大殿上遭追擊解了危。然而，趙盾逃至殿外，欲上駟馬車時，屠岸賈竟已使人卸下了側邊兩輪，成了只有單邊車輪的馬車，進退不得。此時曾被宰相搭救過的桑下餓夫靈輒，為報宰相一飯之恩，適時衝出，一手策馬，一手擔起馬車，急忙將宰相救離險境中。趙盾因平日為善，積下許多善因，因此暫時得以化險為夷。

屠岸賈見趙盾命大屢害不死，則另起歹念假詔詔書，以國君之命屠殺趙氏一門忠烈三百餘口，趙盾之子趙朔娶了莊姬公主為駙馬爺，亦難逃屠賊之手，命駙馬弓弦、藥酒、短刀三選一，駙馬在自刎之前，對公主留下遺言，若生下遺腹子，將之命名為趙氏孤兒，撫養成人，日後得為趙家洗刷血海深仇。駙馬從容赴死，屠賊仍不放過公主腹中胎兒，一路追殺至死方休。當公主生下遺孤，對老友程嬰託孤之後，便以腰帶懸梁自盡。以死向程嬰表明心意，一則嬰兒之下落不會有人傳出，二則嬰兒已是沒爹沒娘之人，以此加重程嬰之責任感，對一個無依無靠的小嬰兒，更引發程嬰之惻隱之心，作者塑造一個為母之苦心，成功地激發了人們同情弱者的悲憫之情。

在戲劇的改編呈現上，公主往往被設計成一個趙家未死之親眷，目的在於製造一種撫慰人心的心理作用，眼見趙氏一門忠烈，卻全數壯烈成仁，無辜受災，對於一般觀眾而言，難以接受此過於殘忍，有違天理人情的發展。因此為了配合人心人性的感受，常在公主的部分，做出預留活口的情節，以為圓滿母子團圓的結局留下伏筆，這也是迎合戲劇的實質社會功能，以及教化人心賞善罰惡的宗旨，對於過於悲慘的血腥情節，作一個適度的編修，以符合真理正義的合理張顯。

劇情的高潮在程嬰抱嬰兒闖關之時，展開序幕，韓厥將軍把守府門，為放走嬰兒，自殺身亡，從容就義。程嬰背負著數百人的復仇希望，將孩子冒險救出，一心要挽救趙家唯一的血脈。然而程嬰老來得子，剛生下一個與孤兒同庚生的嬰兒。屠岸賈下令遍登榜文，欲殺盡全國半歲以下，一月之上之嬰兒，寧可誤殺千萬，卻不可錯放一人，祇求斬草除根。程嬰無奈之下，一則為救全國千萬嬰兒，二則亦可保全自己忠義之名，所付出之代價便是犧牲自己襁褓中的嬰兒，此一慘絕人寰的決定，成就了程嬰萬古流芳之美名，而程嬰之子，初到人間之小生命卻成了無辜的刀下亡魂，為全忠義名節，程氏一門也因而斷了承繼的香火。在捨與不捨之間，作者刻劃了人性中大愛的光輝。反之，孤兒在發現事實真相之後的表現，竟又是如此之冷血，戲劇中對義父斬立決之作法，是否又少了一些人性良善的衝突根源。

忠臣殺身成仁以救國，老臣捨身取義以興國，良臣淡泊名利以安國，自古乃不能改易之理。程嬰與公孫杵臼兩位忠臣，為替趙氏一門忠烈留後，想出了一人捨子、一人捨命的方法，更為瞞過屠岸賈的奸邪心量，年逾七十之老臣公孫杵臼，寧受棍棒之刑，堅不吐實，程嬰亦強忍喪子之痛，以換取奸賊之信任，終於保孤成功，然而前後為護孤而犧牲性命之人，實付出了極為慘痛之代價。劇本在鋪陳孤兒長大成人之後，程嬰向孤兒告白的一段，將故事劇情的張力，壓縮至即將引爆的臨界點。

在程嬰揭密的一段情節中，作者絲絲入扣的筆觸，構思巧妙，用畫作製成卷軸，以手卷圖示法，旁敲側擊，用暗示的方法，將困難棘手的事，用四兩撥千金的方法處理，成功地吸引孤兒的注意力，再以迅雷不及掩耳的方式，直搗黃龍宣布謎底，先激發孤兒同仇敵愾之情緒，繼而易地而處，雖痛苦卻不得不接受既定之事實。此一委婉之陳述方式，柔中帶剛，迂迴中不失直述之巧妙，以圖像替代文字說明的過於直接尖銳，巧妙地避開了可能引發的反彈，將目標快速地移向復仇計畫，是作者明快而鋪陳細緻的寫作技巧和特色。由人性的角度而言，一個長期生活在物質、精神富裕環境中的孩子，由常理判斷絕難以承受自己身世坎坷的事實真相。作者精鍊的文字敘述、巧妙生動的人物刻劃、詭譎多變的劇情安排、令人拍案的真情流露，在在使得讀者熱血沸騰，不但為主人翁一掬同情之淚、嘉許年輕孤兒的自制力，更激發人性善良之本質以及除惡務盡之同理心。

此一充滿血腥的政治惡鬥歷史事件，有許多足以發人深省之處，例如以現代社會的價值觀而言，是否仍有如程嬰一般具有大愛精神之人，捨己子救人子之義勇行為，抑或仍有如公孫杵臼這等忠義之士，拋頭顱灑熱血，白髮老翁一如熱血男兒般之壯烈，視死如歸。在今日之社會，此二人之表現不啻為俠客之胸襟，在此功利的現代化社會裡，對於人心的淨化，實具有警示、淑世的實質意義。

二〇二〇的無常心語

今年七月初因為不小心跌了一跤，右膝破了一個小洞，竟因此造成蜂窩性組織炎，在毫無預警的情況下我被迫住進了三總，在鬼門關前走了一圈。因為叫做壞死性經膜炎的病因，我沒有選擇只能把我的身體交給了醫生，開刀前我簽了同意書也留下了遺囑，姊姊、姊夫目送我進開刀房，我留下了可能無法還陽的淚水。

往後住院的一個多月日子，我領受了姊姊、姊夫和晚輩們的關懷照顧，這是我一輩子都不會忘記的，我真希望有一天可以角色互換體驗助人為樂的喜悅，但直至目前二〇二一年一月了，半年過去了，我的腿傷仍難痊癒，最近腿又去掉第二層皮撕心裂肺的痛，吃苦忍痛成了我每日的點心，我必須從中體會它有一天會變成甜點。

又接近農曆新年了，一則配合大家的時間提前祭祖，二則為了答謝大家在我生病期間的照顧，姊姊、姊夫對我的關心照顧不僅是我最親的人，也是我的恩人，我的生命是父母給的，我生命的延續有賴手足的幫襯，僅憑我一人是活不下去的，希望今後我們整個大家族能繼續精誠團結，互相照顧，相親相愛，不忘父母生下我們七個手足，是要我們互信互愛，心心念念不忘父母含莘茹苦為我們準備的一輩子的伴。

血栓腿的苦難宣言

這一年經歷了五次麻醉，在開刀房頻繁的出入，使我在面對生死時不再害怕，十年前為了怕開刀我付出了慘痛的代價，一年不如一年的未老先衰，我的腿必須搭配四腳助行器，因為遲緩的行動我外出時必須穿尿布，所有老年人會經歷的生活難處，我都提前體會了。今年是父親逝世第十週年，我因為內心一直放不下這個挫折，使得我的日子過得充滿苦楚，現在我經過許多的困境和努力，掙得了一個可以祭拜父母祖先的場地，今後的年節祭祀我希望能讓父母祖先得到安慰，其實在我身上我體會極為深刻，父母的關照一直是與我同在，我常常不知道怎麼把車開回家的，有幾次太累開到安全島上，嚇醒後又把車退下來，每天睡醒時父親總是會讓我感知他在關注著我，縱然我經常面臨生死交關，老天爺還留下我一條命，凡走過必留下痕跡，我的腿不容許我走太遠，我只有把曾經寫下來的心路歷程化成書冊，去年過年時出了第一本書，今年過年會出第二本，每年會出一本，這些書有可能會走到世界各地的圖書館，父母親辛苦一輩子養育我們，我身上留著父母的骨血，但願他們在天之靈能得到一點點的安慰。

11年來的軍人節

今天是爸爸106歲的忌辰，回想我20歲那一年，我們家搬到內湖，我終於有了自己的書房，和家人溫暖成長的日子盡在那段美好時光中度過。媽媽走的時候我還太小，說實在我太傻根本不懂人事，自然傷痛也沒有太久。爸爸父代母職，我一直是把爸爸看成是父母的合體，把對父母的愛全部投射在爸爸一人身上。我第一次生理期在景美租屋處，大家假日都在穿珠子，我第一個告訴的人是爸爸，他什麼都沒說去廚房煮了兩個荷包蛋給我吃，我知道生命開啟了另一個階段。以前我從不會想到生活中的開銷、安全問題，甚至晚上回去大門常會忘了關，照樣睡得嚇嚇叫，有一次爸爸說自己要慢慢學習獨立，如果有一天爸爸不在了，妳會嚇到晚上不敢睡覺，我真的是如爸爸所說，當他一走把安全感也帶走了，我52歲才開始學習真正的獨立是什麼，當一切都要靠自己解決的時候，我真的好懷念家有一老的可貴，我再也不能做個無憂無慮的甩手女兒，我再也不是那個下課就歸心似箭回家陪爸爸的女兒，而是開著車四處繞，在車上吃便當上廁所睡覺，車子就是我活動的家，我是個無家可歸的人。11年了，我度過了孤獨、寂寞、無助、徬徨、甚至是許多生死關頭，我唯一的信念是爸媽一直都在我身邊，雖然看不見但我感覺得到，爸爸在的時候常常對我說，爸爸走了以後一定會保佑你們，爸爸知道我膽小就說我不會到妳的夢中，爸爸不會來嚇妳。我到現在都沒有夢過爸爸，但我有通靈的朋友都說看得到爸爸在我身邊。平常我一個人連說話的人都沒有，所以我心很靜第六感很強，我在七月的一開始，我就知道有事要發生，我天天傳訊息打電話給大姊沒有回應，我又天天打給四姊大哭，我幾盡崩潰。我知道事情要發生卻又無力挽回，她犯了大忌有虧親情，父母也救不了，她要走前一週傳訊息給我說真的很對不起妳，沒有照顧到妳。我要打電話給她就是想幫她彌補這一塊對親情的愧疚啊！隨著大姊回歸父母膝下，我們兄弟姊妹又再次歸隊，大家一條心，在有限的生命中我們一定要把父母的愛延續到彼此身上，這樣父母也才能安息。

永難團圓的中秋

經過一個多月的抽絲剝繭想還原真相，終於撥雲見日，知道我們訪查的努力可以告一段落了。兄弟姊妹手足的感情真的很奇妙，從小到大也不知道吵過多少架，但我們還是能在一個家庭裡精神牽繫成長到老，人的一生中可以經歷許多過客，但手足是和我們來自同一工廠的產品，也許以前我們還不成熟，體驗不深，大姊的逝去 讓我感受到我們那個年代的產品，每一個都是絕版的產品，再也不能有複製品。回想兩年沒見到面，最後能見卻又不忍再見，現在感覺世上忽然間再也沒有這個人了。

今天整理到幾張大姊寫的雜記隨性手札，恍然之間時光倒流，這一切竟如此不真實。從四姊回想大姊在病房抱著她哭著說：「姊覺得還是姊妹們對我最好」有了這句話，我覺得一切的誤會都可以釋懷了。人之將死其言也善，不管之前我們有多少事沒說清楚，有多少話沒機會說明白，雖然我們沒有大姊留下的隻字片語，親情已掩蓋了可能的瑕疵品，就算有瑕疵也是我們心中獨一無二的絕版品。

在這中秋佳節的日子，我再也吃不到大姊送的素月餅，再也聽不到久久傳來的急切問候，更不可能再感受掛電話前說不完的N次再見，那個永遠溫暖的大姊真的離我們遠去了。想想平常最怕餓的大姊，一餓手就會發抖，隨身一定會帶一些小點心餅乾充飢，臨終前竟然是空腹了十天活活被餓死，她捨棄了姊妹選擇和身邊親密愛人共度餘生，誰曾想卻識人不明，招來了一個蛇蠍心腸的毒婦作伴。

我們的大姊對外人是可以拋頭顱灑熱血的，若生在民國初年她一定是革命先烈，為了把這些失蹤的日子圖像化，她真的考驗了弟妹們的辦案能力，我抓住了她有爸爸的堅毅好強，所以她絕不會向外人借錢，也因為心底的善良基因，所以她很容易墜入情感的漩渦受人矇蔽。一張縝密的蜘蛛網悄悄的封住了她的知覺，直到毒蜘蛛蠶食鯨吞了所有養分，我們才驚覺世上已少了父母產下的日月精華。

當爸爸離去時，我第一次感受到世上有靈魂這件事，也感受到爸爸隨時在保佑平安的守護。前兩天我和二姊又同時夢到大姊，但大姊給我的夢境是年輕時姊妹在一起出遊的歡樂，我知道親情能勝過一切，我如釋重負。本來沒來由地突然失去大姊覺得很傷心，大姊的死，對我來說仍是一個謎，我從來不敢想像，她身邊的密友，可以做出阻斷親情、虐待病患、謀財害命、草菅人命這樣昧良心狠辣的事。每個手足都質疑大姊的死，但法律卻不能保護受害而無有力證據的老百姓，就算我們呼天搶地的喊冤，在這個亂世裡我們又能如何找回公平正義呢？

我們雖握有毒蛇竊取錢財、保險、房、車的證據，犯下的刑事竊盜罪在所難逃，然而遺憾已然造成，我們追究的是照護的缺失，並非為爭奪財產而興訟。一個做過教育部高官，退休後又在私校專任教職的人，坐擁雙份高薪卻幹出慘絕人寰的卑劣行徑，除社會敗類實無以名之，怎還能腆顏在道場傳道授業。人生到此我從未有過如此深的遺憾，親姊已死卻不能為之鳴冤，得利者雖可因死無對證逍遙法外，但老天有眼，世上有太多悲苦的不平，終將以因果現世報還諸天地之間。

晚上我在院子曬衣服時，外面公園傳來許多年輕人烤肉的吵雜聲和煙燻味，為我安靜的院落，撒下一些秋節歡樂的氣息，我按下了鐵捲門，回到氣密窗中的靜謐，原來節日就是平日。

久依依——對生命恆久的依戀

11月才開花的台灣欒樹，擁有紅色肚子的椿象卻提前群聚來到，院子裡的四棵小葉欖仁每日如雪花般的落葉，椿象混在乾焦的落葉、枯枝中，緩慢的腳步涉足其間，十足的令人毛骨悚然，偶然間一隻長長的蜈蚣快速的從腳邊竄了過去，本能的恐懼促使我拿起助行器，重擊石子地面，意欲驅趕那令人作嘔的多腳蟲。九月的天漸漸變涼，史上最晚來到的颱風稍稍緩解了台灣缺水的問題。院子內的盆栽接受了一週的洗禮，潮濕的環境使得許多生物向乾燥環境移動，蝸牛雖慢但腳踏墊上卻滿是大大小小的蝸牛家族，安心地爬上他們以為的諾亞方舟；每當我走到院子，就有鳥兒開心地唱著悅耳的樂章，聞到大自然綠的氣息，看到陽光灑向每個抬頭挺胸的枝椏，令我心胸無比的開闊，可是回到室內卻又怕那活生生的小動物，跟蹤進來，帶來不安。

111年9月12日中颱梅花報到，大學也開學了，整日的大雨刷新了台北的天空，潮濕的空氣使得室內佈滿晾掛的毛巾，陰雨天讓我陷入了一些時空的回想，十一年了我繼承了爸爸的枴杖和假牙當作念想，早上刷牙時也刷刷假牙，提醒自己保持零蛀牙，避免拔牙的痛苦；爸爸的兩支枴杖，變成我的另外兩隻腳，幫助我得以行走方便，我走到哪裡他們也如影隨形，好像爸爸隨時都在我身邊；可惜大姊走時沒有留給我們任何東西，真怕以後再也想不起她了。退休前的最後兩年，我開始倒數計時，每週三下午、週四上午、週五晚上上課，真的很珍惜有工作的時刻，一則每天可以有和人說話的機會，二則可以賺得生活所需，感受到自己生命的存在。想想兩年前三總開刀房裡撿回的一條命，本不該活的人活下來了；兩年後部桃病房內不該走的人卻被帶走了，生命像是學習如何技巧性地玩呼拉圈，懂得其中奧妙的人轉起來輕輕鬆鬆，好像永遠也停不下來，不會玩的人怎麼動，就是駕馭不了那個看似簡單的圈圈。我們每個人手上都有自己熟悉的呼拉圈，當我們還轉得動的時候就快快樂樂地轉吧！

語言文學類 PG2794 秀文學50

桃花舞春風
——陳瑞芬詩文集

作　　者 / 陳瑞芬
責任編輯 / 陳彥儒
圖文排版 / 蔡忠翰
封面設計 / 王嵩賀

發 行 人 / 宋政坤
法律顧問 / 毛國樑　律師
出版發行 / 秀威資訊科技股份有限公司
114台北市內湖區瑞光路76巷65號1樓
電話：+886-2-2796-3638　傳真：+886-2-2796-1377
http://www.showwe.com.tw
劃撥帳號 / 19563868　戶名：秀威資訊科技股份有限公司
讀者服務信箱：service@showwe.com.tw
展售門市 / 國家書店（松江門市）
104台北市中山區松江路209號1樓
電話：+886-2-2518-0207　傳真：+886-2-2518-0778
網路訂購 / 秀威網路書店：https://store.showwe.tw
國家網路書店：https://www.govbooks.com.tw

2023年1月　BOD一版
定價：300元

讀者回函卡

國家圖書館出版品預行編目

桃花舞春風：陳瑞芬詩文集/陳瑞芬著. -- 一版.
-- 臺北市：秀威資訊科技股份有限公司,
2023.01
面； 公分. -- (語言文學類；PG2794)(秀文學；50)
BOD版
ISBN 978-626-7187-39-5(平裝)

863.4 111019306